碑《ひ》銘《めい》

ブラディ・ドール❷

北方謙三

ハルキ文庫

角川春樹事務所

本書は昭和六十二年二月に刊行された角川文庫を底本としました。

BLOODY DOLL

KITAKATA KENZO

碑《ひ》銘《めい》

北方謙三

碑銘

BLOODY DOLL

KITAKATA KENZO

目次

1　老人

　ヘッドライトの光の中に、男の姿が一瞬よぎった。

　俺は、パーキングエリアのコンクリートの壁に鼻さきをくっつけて、車を停《と》めた。降りてドアを閉めると、男が近づいてきた。

「ずっと、国道を走ってきたのかね？」

　錆《さび》の浮いたような、嗄《しゃが》れた声だった。それだけで、老人だとわかる。俺は、小便ができそうな暗がりを眼《め》で捜した。老人の服の色が、なんとか見分けられるほどに、眼が闇《やみ》に馴《な》れてきた。

「どこまで、行くんだね？」

「どこまでだろうな」

「高速も使わねえで、酔狂《すいきょう》なこった」

　車は、時折やってくるだけだった。ヘッドライトの明りも、パーキングエリアの奥までは届いてこない。海の近くだ。かすかに、潮の匂《にお》いがする。

　パーキングエリアの片隅に草むらを見つけて、俺は近づいていった。老人は車のそばに立ったままだ。

用を足して戻ってくると、俺は煙草《たばこ》に火をつけた。肌には感じないが、風が煙を闇の中に吹き流した。

大阪を出たのが、午前一時だった。三時間近く国道を走ってきて、躰《からだ》がちょっと強張《こわば》っている。高速を突っ走ってこなかったのは、運転のカンを取り戻すためだ。高速道路は、ただ走ればいいようにできている。

老人が、馴々《なれなれ》しく車のルーフを叩《たた》いた。若いやつなら、蹴《け》りの一発も入れてやるところだ。

「乗せて貰《もら》えんかね？」

「タクシーじゃねえんだぜ」

「だから、金は払わんよ」

「俺はいいが、車が嫌がってる」

「ほう、車がね」

老人が、腰を屈《かが》めて運転席を覗《のぞ》きこんだ。頭頂《とうちょう》が薄くなっていた。残っている髪は、白いものが多いようだ。

爺《じい》さんに興味はなかった。といって、若いやつが好きなわけでもない。人間が嫌いなのだ。付き合いたいと思う男に出会うのは、ごくまれだった。

俺は煙草《たばこ》を捨て、老人の躰《からだ》を押しのけるようにしてドアを開けた。

「乗せてくれ。でなけりゃ、歩くしかないんだよ」

「道端に立ってなよ。お年寄りを大切にってステッカーを張った車が、停まってくれるぜ」

「二時間、突っ立ってたんだがね。ここに入ってきたのは、おまえが最初だ」

「たった二時間か。朝まで立ってりゃ、トラックでも来るさ」

「冷てえじゃねえか、若《わけ》えの」

「やめとけって、親切で言ってるんだ。俺の車に乗ると、ロクなことにゃならねえよ」

「かっぱらった車だな。そんなの、見りゃわかる。BMW《ベン・ベー》を転がしていそうな玉にゃ見えねえし。高速を走らんのも、パトカーに捕まるかもしれねえと思ってるからだろう」

「いい加減にしときなよ、爺さん」

肩を軽く突いた。老人がよろけた。

「年寄りを苛《いじ》めて面白いかよ」

「苛められてえって、てめえで顔《ツラ》出してくるようなやつならな」

「俺は頼んでるんだ。頭下げてな」

「頼んでる態度かよ、それが」

俺は運転席に躰を滑りこませた。乗りな、と老人に親指で合図した。夜中のドライブに話し相手がいるのは悪くない、と思い直したのだ。意外に機敏《きびん》に、老人は助手席に乗りこんでくるとドアを閉めた。

「やってくれ」

「ところで、どこへ行きてえんだよ？」

「兄さんは、どこへ行く気だ？」

「まあ、N市あたりまでだな」

「じゃ、そこでいいわさ」

「変った爺さんだ」

「どこが？」

「行くとこ、ねえんだろう。まるで家出したガキってとこじゃねえか」

「まあ、似たようなもんだろうさ」

俺は、ゆっくりと車をバックさせた。老人が、皺《しわ》だらけの煙草に火をつけようとしている。方向を変え、ギアをローに入れると、スロットルを踏みこんで、クラッチペダルを素早く放した。タイヤが路面を擦《こす》って急発進し、車体は左右に尻《しり》を振った。火をつけたばかりの煙草をとり落とし、老人は慌てて前屈《まえかが》みになった。二速に叩きこみ、また乱暴にクラッチを繋《つな》いで、車体を震動《しんどう》させた。

「わざとやりやがったな。免許を持ってねえのかと思って、とんでもねえ車に乗っちまったと後悔してたとこだ」

ようやく煙草を拾いあげた老人が、シートベルトをかけながら言った。三速に入れる時は、穏やかにやった。

「いくつだ、兄さん？」

「二十四」

「若えな。俺が二十四の時といや、進駐軍《しんちゅうぐん》相手に盗《ぬす》っ人《と》の真似《まね》してたもんさ」

「進駐軍ね」

「車なんてもんはな、毛唐《けとう》が乗るもんだと思ってたよ。ところが最近の若えのは、猫も杓子《しゃくし》も車ときてやがる」

四速で踏みこんでも、国道では飛ばしすぎだった。赤信号は無視した。停まるのは、嫌いだ。まして、ほかに車もいないところだった。老人が、あっと声をあげた。

「怕《こわ》けりゃ、降りちまいなよ。こいつが俺の走り方ってやつでね。交通法規なんてもんは忘れちまった。ぶつからないように、とにかく走る。それだけなんだ」

「車っての、速く走るために人間が発明したんじゃないのかい」

「難しいね。ただ走りゃいいってもんでもねえみたいだ」

「兄さんみたいな男に、ＢＭＷ《ベン・ベー》ってのは剣呑《けんのん》だね」

老人が言った通り、どうせ失敬してきた車だった。親の金で買って貰った車だろう。運転していたのは、大学生のような男だ。女の子と揉《も》めていたらしく、飛び出してきた女の子を追いかけるように降りてきた。キーを差しっ放しどころか、エンジンもかけたままだった。

「飛ばすね、兄さん」

「だから、俺の走り方さ」

「長生きできんよ。車だけじゃなくて、なんだってこんな具合なんだろう」

「説教かよ」

老人は、窓の外に眼をやっていた。寝静まった商店街を通りすぎ、また暗い国道に入った。百二十キロほどのスピードが出ている。前方に、トラックのものらしいテイルランプが見えた。それが、すぐに間近に迫ってくる。軽く抜いた。老人がふりかえり、遠ざかっていくヘッドライトに眼をやった。

「トラック野郎が、呆《あき》れてやがる。とんでもねえスピード狂《きょう》だってな」

カーブが続いていた。対向車線まで使える深夜なら、手前でブレーキを踏む必要もなかった。エンジンブレーキだけで充分だ。

「おい、兄さん」

「言ったろう。怕かったら降りちまえって。でなけりゃ、黙ってなよ」

「気紛《きまぐ》れなやつは、世の中にいるもんさ」

「俺が、気紛れで飛ばしているってのかい」

「いや、どこにも気紛れなやつはいるって話をしてる。高速道路でもねえのにな」

「なんだってんだよ、おい」

「前に走るやつにかぎって、後ろは見ねえもんだな」

「なるほど」

バックミラーの中で、赤い光が点滅していた。まだ遠い。どこかに隠れていたパトカーが、慌てて飛び出してきたのだろう。

「追いつきゃしねえよ」

「朝の四時だ。よっぽど気紛れなポリ公だぜ」

「気紛れっての、そういう意味か」

「本気になっちまう。あんなやつにかぎってな」

「わかったよ。いま振り切っちまうから」

スピードをあげた。百四十。直線。踏みこんだ。百六十。百七十。面白いほど吹っ飛んでいく。

「離れねえな。やっぱりしぶとい野郎だ」

ミラーの中の赤い光は、かえって近づいてきているように見えた。

「これで、大丈夫だろう」

百八十まであげた。エンジンが軽快に唸《うな》っている。同じくらいのスピード。いや、こちらが少し速くなったのか。赤い光が、ちょっと遠ざかった。カーブ。シフトダウンをして、エンジンブレーキだけで曲がり切った。抜け際の出足がいい。さらに二つ、カーブが続いた。それからまた直線。現われた赤い光は、ずっと後方になっていた。

「直線は誰だって飛ばせるんだ」

「わかってる。むこうだって、たまげてやがるんだろう」

「コーナリングってのは、こんなもんさ」

対向車線まで使う。後輪の横滑《すべ》りを警戒しながら、ギリギリのところでハンドルを切っていく。度胸がすべてだ。

「街だぜ、兄さん」

「わかってる」

国道が、いきなり曲がっていることなど、滅多《めった》にない。街中は別だ。それに、車もいるかもしれない。とにかく、死角が多すぎるのだ。百キロほどに、スピードを落とした。思った通り、街中の道はかなりきついカーブを描いていた。タイヤが軋《きし》る。遠心力で吹っ飛ばされそうな気がした。

「命がいくつあっても、足りねえな」

「そう言うなよ。この街で、後ろのパトは完全に振り切れるはずだ」

「無線ってやつがあるんだぜ、あっちには。空飛んで、さき回りすんのよ」

それもわかっていた。街を抜け、国道に入ると、俺は海沿いの道路をはずれた。N市へ行くには遠回りだが、別の国道ということになる。

「爺さん、降りたいところで、降ろしてやるぜ」

「N市まで、連れてってくれるんじゃないのかね？」

「そっちが行きたいなら、勝手にしな」

百二十キロぐらいのスピードだった。これでも、馴れないやつならシートにしがみつくだろう。対向車。ライト。クラクション。かわした。左ハンドルだから老人の方が驚いたはずだ。

「肚《はら》が据《すわ》ってんのかい。それとも、おっかねえってことがわからないのかな」

「両方よ」

老人が笑った。錆《さ》びたような声。俺は苛立《いらだ》ったように、アクセルを踏みこんだ。

「よしな、坊や」

「言ってくれるじゃねえか」

「さっきはいい。腕も見事なもんだった。だけど、頭に来るのはいけねえよ」

「なんに頭に来てるか、わかって言ってんのかい？」

「俺だろう。俺が怕がらねえ。それだけで頭に血が昇ってんのよ。こんなスピードで走ってるとな、ちょっとしたきっかけで頭に血が昇っちまう」

「俺《おり》ゃ、大丈夫だ」

「眠くなったことは?」

「そりゃ、何度かな」

「眠っちまうこともある。命がかかってるってのによ。普通だったら、命がけで眠りゃせんもんさ。ところが眠くなる。なぜだか、眠ったやつにもわかりゃしねえだろう。頭に血が昇るのも、同じだね」

「よく喋《しゃべ》る爺さんだ」

「まあ、明るく生きようと思ってんでな。先は兄さんたちと較《くら》べりゃ、わずかなもんだ。だから、怕くねえと思えば怕くねえ。そういうことだと思って、俺がいることは勘弁《かんべん》してくんなよ」

俺は、スロットルを閉じてちょっと減速した。老人の言うことはもっともだった。

「いくつだよ、爺さん」

「人に歳《とし》なんて訊《き》くんじゃねえ」

「俺は訊かれて、二十四だって答えたぜ」

「五十九」

「じゃ、来年は還暦《かんれき》ってやつかい。あの赤いチャンチャンコを着るっていう」

「五十九は五十九だ」

老人がまた煙草をくわえた。街の灯が近づいてきた。小さな街らしい。N市は、まだずっとさきだった。

2　シェーカー

老人を、N市の入口で降ろした。

俺はそのまま、埠頭《ふとう》の方へ車を転がした。邪魔になりそうもない場所を見つけて、シートを倒し、眼を閉じた。どこでも、すぐ眠ることができる。作業をしている時も、いつもそうだった。立ったまま、居眠りをしていたこともある。

クレーンの音で、眼が醒《さ》めた。朝の荷役《にやく》がはじまっているらしい。三千トンほどの貨物船が一隻《せき》入っていた。N市の郊外には、新しく造られた工場地帯がある。原料や製品の出入りは多いのだろう。五万トンほどの船が接岸できそうな埠頭《ふとう》も造られている。

市内に車を回した。開いているレストランはなかなか見つからなかった。結局、港の近くに戻ってきて、港湾《こうわん》労働者相手の食堂に入った。

時間が遅いのか、註文《ちゅうもん》を受けた女はいやな顔をした。それでも、鯖《さば》の味噌煮《みそに》と味噌汁と卵と丼飯《どんぶりめし》の朝食は出てきた。

食い物で、つらいと思ったことは一度もなかった。どんなものでも、ぺろりと平らげてしまう。味がわからないのだ、と自分では思っていた。どんなに上等のステーキを口にしても、歯ざわりが違うというくらいにしか感じない。

丼の中に、味噌汁と卵を一緒にぶちこんだ。素早く平らげることに関しては、誰にも負けない。丼一杯を胃に流しこんでしまうと、飯だけお代りをした。鯖で、もう一杯丼が空っぽになった。お代りはこれで終りだというように、女がお茶を置いていった。

俺は煙草に火をつけ、店の外に駐《と》めた車にぼんやり眼をやった。目立ちすぎる。夜ならともかく、田舎町の昼間だ。ポケットを探って、金を灰皿に放《ほう》りこんだ。癖《くせ》だ。平らなところに置くと、転がって消えてしまうような気がする。灰皿を見て、女がまたいやな顔をした。トラックが、三台連なって港の方へ消えていった。

晴れた日だ。着ているジャンパーで、ちょうどいい暖かさだった。

車を出した。

海沿いの道へ行き、しばらく走って舗装《ほそう》していない農道のようなところを見つけた。車を入れる。入れてから、帰りはどうすればいいのか考えた。ここから街まで、歩くのは骨だ。

いつも、そうだった。走ってから、帰り道がないことに気づく。どうしようもなくなっている。そのくり返しだ。

シートを倒し、寝そべった。ひと寝入りしてから考えても遅くない。

眠った。ひと晩、車を走らせてきたのだ。少々の眠りでは、取り戻せそうもなかった。二度ばかり、農道をトラックが通っていったが、停まる気配はなかった。

十二時過ぎに、眼が醒めた。ちょっと考えたが、車で街へ戻ることにした。二年前より、いくらか頭が回るようになっているのかもしれない。二年前なら、歩きはじめてからしまったと思ったものだ。

街のはずれで、車を捨てた。一応、指紋《しもん》だけは拭《ふ》きとった。怯《おび》えている自分に腹が立って、ボディを一発蹴っ飛ばした。

昼めしを食う場所を捜した。さすがに、どの店もやっていた。小さなレストランで、カツライスを食った。

小さな街だ。十五分も歩くと、中央通りは終ってしまう。中央通りと並行《へいこう》して、裏通りのようなものがあり、そこが夜の繁華街だった。昼の光の中で見ると、すすけて疲れきったように感じられる。

化粧と酒の匂い。それが恋しいと思った夜は、何度かある。耐えるしかなかった。二年。考えてみれば、短いものだ。

ひと通り、店の構えを眺めて歩いた。全部ひっくるめたとしても、大したことはないだろう。この中の六軒。それとイタリア料理の店。田舎の成金野郎《なりきんやろう》だ。

俺は中央通りに戻り、六階建のビルのエレベーターに乗った。六階のフロアが、川中《かわなか》エンタープライズということになっている。

小さなビルだ。ワンフロアといっても、デスクが五つ並んでいるだけだった。社長室というやつは、奥にあるらしい。

「御用件は？」

「人を募集してるって聞いたんでね」

女の子は、ありふれた事務服を着ていた。奥の席の男が、チラリと俺に眼をくれた。

「履歴書《りれきしょ》、お持ちになりました？」

「ああ」

俺は、大阪で書いてきた履歴書を、女の子に手渡した。現住所は大阪市内になっている。あってないような住所だった。

十分ほど待たされた。その間、女が二人やってきた。係が違うらしく、若い男が応対していた。ひとりの女が、送迎バスのことだけをひどく気にしている。送りだけですよ。男の口調は、事務的だった。俺と同じくらいの歳だろう。

「坂井《さかい》さん」

奥の席の男が、俺を呼んだ。役所の窓口係のように、特徴《とくちょう》のない声だった。

「住所が大阪になってるが？」

「引越すんです。三月一日にね」

「じゃ、引越してから来たら」

「三月一日から、ぴしっとした仕事が欲しいんでね。水商売で、いろんなとこを回ってみるつもりだけど、ここが一番しっかりしてるみたいなんで」

「そりゃ、うちはこの街で一番だよ。じゃ、希望はクラブかバーだね。キャバレーも、うちじゃ趣向《しゅこう》を変えて、クラブって呼んでる」

「レストランのボーイよりかいいな」

「同じだよ、給料は」

「経験は、買って貰えないのかよ？」

「ひと月後だね。それまではテスト期間で、給料はみんな同じということになってる」

「女も？」

「そりゃ別さ。君も、バーテンをやってるなら、それくらいわかってるだろう」

「訊《き》いてみただけですよ」

大阪で、ずっとバーテンをやっていたことにしてあった。酒場に集まる履歴書など、多分嘘《うそ》の山だろう。

「三月一日というと、明日からってことになるが」

「今夜のうちに、店だけでも見ておきたいんですがね」

「六時半に、『ブラディ・ドール』へ行ってくれ。そこに藤木《ふじき》さんという人がいる。従業員の上に立っている人だが、どうも本社の方は嫌いらしくてね。滅多《めった》に出てこない。藤木さんが、配属もすべて決めることになってるから」

藤木年男《としお》。立花《たちばな》という名で、ひところは売った顔だ。もうひとり、川中良一《りょういち》という男がいる。田舎町の成金野郎。ただ、肚は据っている男らしい。一年半前、この街の市長とやり合って、生き残ったのは川中の方だった。

「行きゃわかるんですか、その『ブラディ・ドール』とかいうとこに？」

「書類もすべて回ってる。もしかすると、社長とも会えるかもしれないよ。夕方、ドライ・マティニーを一杯やるのが、うちの社長の習慣だから。それも、シェイクしたやつでなきゃ駄目なんだ」

気障《きざ》な野郎だ、という言葉を俺は呑《の》みこんだ。田舎に行けば行くほど、ちょっと変った飲み方が洒落《しゃれ》ていると思いこんでいるやつが多いものだ。

ビルを出ると、中央通りをなんとなく港の方角にむかって歩いた。不動産屋の看板が眼についた。

六時に、『ブラディ・ドール』へ入っていった。先客が二人いた。ひとりは、車に乗せてきたあの爺さんだった。俺の顔を見て、ちょっと笑ったようだった。もうひとりは、若い男だ。

「藤木って支配人は?」

「支配人ね。洒落た言葉を使うじゃないか」

「こりゃ、そんなことも言ってみたくなるような店だね」

凝《こ》った造りだった。俺は老人と並んで腰かけて、店の中を見回した。血まみれの人形。名前も凝っているのかどうかは、わからない。なんとなく、連中にふさわしい名だ。

「あれが、兄さんの言う支配人さ」

カウンターの中に、チラリと覗《のぞ》いた男を指して、老人が言った。こちらに背をむけてカウンターのスツールに腰かけているのは、客ではなさそうだった。

「社長っての、あれかい?」

「そりゃ、俺も知らん。ここで待てと支配人に言われただけでね」

「それにしたって、爺さん住む場所なんかちゃんとあるのかよ?」

「抜かりはねえわさ。というより、俺ゃ二週間も前からこの街に住んでる」

「昼間、働く気にゃならねえのか?」

「というと?」

「つまりはさ。俺が部屋代の半分を持って、お互いに効率よく部屋を使おうってことさ」

「車に乗りこんだお返しかね?」

「ねぐらが決まんなくてよ。このまんまじゃ、雇って貰えるかどうかもわからねえ」

「駄目だね。俺は、こう見えても神経質でね。若い者《もん》みたいに、もぐりこむ蒲団《ふとん》がありゃいいってわけじゃないんだ」

「わかったよ。言ってみただけさ」

「悪く思うな、兄さん。車の借りは、どっかで返してやるからな」

老人が、体操でもするようにちょっと首を動かした。俺は、くわえた煙草を箱に戻した。テーブルに、灰皿が出ていなかったのだ。

カウンターの中で、藤木がシェーカーを振っていた。見事なものだ。量もぴったり決まっている。スツールの男が、グラスに手を伸ばした。飲み方も、鮮やかなものだった。男がグラスを置くと、藤木はすぐにそれをひっこめた。二杯目は作ろうとしない。スツールの男が、多分川中良一なのだろう。大きな男だった。背は俺よりいくらか低そうだが、がっしりした体格をしている。

藤木が、カウンターを出てこちらへ歩いてきた。きっちり着こなしたタキシードが、特徴のすべてを包み隠している。

「栗原《くりはら》さん」

老人が呼ばれた。立ちあがって、ひとつ隣りの席へ移動していく老人の尻を、俺は軽くポンと叩いた。

簡単な質問だった。ひと月はテスト期間だということを、藤木は最後に伝えた。俺は、見るともなくカウンターのスツールに眼をやっていた。大きな背中は動かない。

若い男が呼ばれた。

「どこの店だって？」

戻ってきた栗原に、俺は小声で訊いた。

「ここだってよ」

「ふうん。本店みたいなとこなんだろう？」

「どうだかな。いやに堅苦《かたくる》しそうだ」

俺の名が呼ばれた。

むき合って腰を降ろすと、藤木の眼が一瞬光を帯びた。立花さんだろう。言いそうになった。藤木は、いい加減な俺の履歴書を、何度か読み返した。

「バーテンダーが希望かね？」

「まあ、腕にはちょっとばかり自信がありまして」

「やって貰うかな」

「え？」

「ちょっとカウンターに入って、やってみてくれ」

「そりゃいいですが」

俺が言い終る前に、藤木は立ちあがっていた。

カウンターに入った。川中らしい男は、無表情に俺に眼をくれた。ジーンズとジャンパーでカウンターに立つのは、奇妙《きみよう》な気分だった。コツは忘れていないだろう。車の運転も、忘れてはいなかった。

「ドライ・マティニーだ、坊や。よく冷えたやつをな」

「こちらは？」

小声で、藤木に訊いた。社長だ、という答が返ってきた。横柄《おうへい》な口調で註文された、とは感じなかった。投げやりだが、どこか親しみをこめたような喋《しゃべ》り方だった。

「よく冷えたとおっしゃると、シェイクしたものという意味でございますか？」

バーテンの口調なら馴れたものだった。ただ、二年ぶりに使うと妙な気分だ。

「わかってるんだな、一応」

さっき飲んでいたのと同じもの、ということになる。ちょっと面倒だった。違うものなら、舌は新鮮に感じる。同じものなら、微妙な違いまで較べられる。

ジンとドライベルモット。素早くシェーカーに入れた。大き目の氷も一片放りこむ。作法通り、キチンと振った。ごつい音は、ほとんど聞えない。氷がシェーカーの壁に強くぶつかると、溶ける速度が早くなる。つまりは水っぽくなるというわけだ。いかに早く酒を氷にくぐらせるか。そいつが勝負だった。いらなくなったシェーカーに水と石を入れ、毎晩練習したものだ。酒の量も、多すぎても少なすぎてもいけない。ぴたりとグラスに収まり、最後の一滴を垂らしてシェーカーをひっこめる。

うまくできたつもりだった。

「悪くはないな」

ひと口ふくんだ川中が、藤木に言った。

「一応の心得はあるようです」

「どこで、修業した」

「大阪でございます。店は、いろいろと変りましたが」

「訛《なまり》がないな」

「生まれは九州でございまして、訛は都会に出た時になんとか混じらなくなりました」

「ホテルの酒場じゃない。高級店と呼ばれちゃいるが、高《たか》が知れてる。馬鹿《ばか》丁寧《ていねい》にございますを連発しなくてもいいんだぜ」

俺は、軽く会釈《えしゃく》をした。どういうわけか、酒場で絡《から》まれて腹を立てたことはない。

「戻っていい」

藤木が言った。俺は、栗原の隣りに戻って腰を降ろした。

「やるじゃないか、坂井」

「そりゃ、きちんとした修業はしてきたんでね」

「見直したぜ。棒っきれみたいな男かと思ってた」

「それじゃ明日から。坂井はちょっと残っててくれ」

藤木が来て言った。栗原と若い男が、腰をあげた。

3　支配人

海辺の県道沿いに、ポツンと一軒店があった。

ようやく店だとわかるくらいで、明りはない。

「ここだ」

藤木が車を停めた。ヘッドライトが照らし出した看板には、『レナ』という褪《あ》せた字があった。

「どういうことかな？」

俺は、なにが起きても動けるように、さりげなく身構えていた。

「おまえのねぐらさ」

「俺の？」

「現住所、大阪になっていたな」

「アパート、見つけるつもりですよ。ただ、不動産屋が保証人だなんだと、うるさいことを言うもんで」

「保証人、いるのか？」

「いや」

「じゃ、ここをねぐらにするといい。去年の暮《くれ》、うちで買い取ったもんだ。なんに使うかまだ決まっちゃいないが、建物はちゃんとしておきたいんでね」

「管理人ってわけですか？」

「家賃はいらんよ。電気も水道も来ている」

「どうやって、店まで通えばいいんです？」

「そりゃ、自分で考えるさ。一年半ばかり前、俺もここをねぐらにしてた」

「居心地がよさそうには見えねえけどな」

車を降りた。鍵《かぎ》の音をさせて、藤木がドアを押した。明りがつく。カウンターに埃《ほこり》が積もっているのが、まず眼についた。

俺は煙草をくわえ、灰皿を捜した。アルミ製の灰皿が、ひん曲がって床《ゆか》に転がっていた。

「商売になるんですか、こんな場所で？」

俺は灰皿を拾いあげた。奥に階段があり、二階が部屋になっているようだった。

「ひでえとこだ。ブタ小屋だな」

「住めば都。そう思えよ」

「ま、気を遣《つか》って貰って、俺はありがたいですけどね」

二階を覗《のぞ》いた。鉄製の、病院のものとそっくりのベッドがひとつあった。あとはなにもない。ベッドのマットは、湿《しめ》ってブヨブヨしている感じだった。窓を開けると、潮風が吹きこんできた。海は眼の前だ。

いやな気はしなかった。考えてみれば、いい住まいだ。景色というやつがある。それも、鉄格子《てつごうし》越《ご》しに見る景色ではない。

部屋の奥には、小さなキッチンまでついていた。水道の栓《せん》をひねってみた。ガスが抜けるような音がし、しばらくして水が出てきた。

下へ降りた。藤木は、カウンターのスツールにポツンと腰を降ろしていた。

「ここに住みますよ。そんなに居心地悪そうでもねえし」

「掛けろ」

藤木が言った。ひとつ間を置いて、俺はスツールの埃を払った。

「臭《にお》うな」

「なにがです。カビかな」

俺は腰を降ろし、藤木とむき合った。

「おまえの、匂いだよ」

「俺？　風呂にゃ入ったがな」

「何年、食らいこんでた？」

「どういう意味です？」

動揺《どうよう》しかかる自分を押さえるように、俺は煙草に火をつけた。

「なにやって、食らいこんでた？」

「よしてくださいよ。なんの話です？」

「臭う、と言ったろう。同じとこに入ってた人間なら、感じられる臭いさ」

藤木を見つめた。タキシードに包まれた小柄な躰から、けもののような気配が滲《にじ》み出してきた。どれほどの時間、睨《にら》み合っていたのか。煙草の灰が、床に落ちた。

「前科《まえ》を履歴書に書くって馬鹿も、いねえでしょうが」

「履歴書は、どうでもいい。信用してもいいものと悪いものは、見ればわかるものさ」

「そうですか。前科者《まえもち》は雇って貰えねえんじゃ、またなにかやるしかないですからね」

「なにをやった？」

「傷害致死《ちし》。検事はそう言ってました。過剰《かじょう》防衛だったたですよ。刃物持ってるやつとだったから。もうちょっと手加減してりゃ、二年も食らいこむことはなかった」

「二年ね」

藤木が、煙草に火をつけた。ジッポが、タキシードと妙に不釣合《ふつりあ》いだ。

「なんと言っても、相手は死んじまったんだから、仕方ねえや」

「ま、二年で済んでよかったさ」

つまらない喧嘩《けんか》だった。車をどけろと言われた。俺の車は国産の中古で、相手のは白いベンツだった。ベンツだから、他人の車をどかせていいという理由はない。降りて、バンパーを蹴っ飛ばした。くだらない原因を作ったものだ。匕首《ドス》を抜いて飛びかかってきた男を、軽くいなした。高校時代まで、ずっと空手をやっていたのだ。二発蹴りを入れた時、相手の匕首《ドス》は吹っ飛んでいた。それでやめておけばよかった。

「バーテンの修業は、いつからやってる?」

「高校を出てすぐ。学校なんかに行ったわけじゃねえですよ。爺さんのいるバーに勤めたんです。まともな就職をするタイプでもないと思ったんでね」

「その爺さんに習ったか」

「ひと通りのことは」

「シェーカーは使える。なかなかなもんだったよ」

「水と石で、練習させられましてね」

「同じだな」

かすかに、藤木が笑った。滲《にじ》み出してきたけものの気配は、もう消えている。これがほんとうに立花だろうか、と俺は思った。だとしたら、よく生きているものだ。

「なぜ、うちの店を選んだ?」

「選んだって?」

「応募してきたじゃないか」

「たまたまです。この街じゃ一番でかいとこらしいし」

「じゃ、なぜこの街を」

「それも、たまたまです。東京にむかって流れてた。ただ、大きな街ってのは好きになれませんでね。これぐらいが手頃だと思ったんですよ」

藤木は、黙って俺を見つめている。俺は喋るのをやめた。海鳴りと、県道を行く車の音だけが聞えた。

俺は、ゆっくりとスツールを降りた。埃だらけのカウンターの中に入ってみる。

「なんだって」

さきに沈黙《ちんもく》に負けたのは、俺の方だった。

「川中エンタープライズじゃ、こんな場所に店を買ったんですか？」

「おまえが知る必要はない」

「そりゃわかってますが、支配人もここに住んでたなんて言ってたから」

「俺は支配人なんてもんじゃない。ただのバーテンのチーフだ」

「そうですか。栗原の爺さんが、そう言ってたもんで」

「栗原とは、どういう関係だ？」

「これもたまたまでね。俺をこの街へ案内してくれたみたいなのがあの爺さんですよ。部屋に居候《いそうろう》させてくれと頼んだら、断られたけど」

「とにかく、大人しく勤めろよ。店への迷惑は絶対に許さん。店への迷惑はな」

「店への迷惑ね。俺が前科者《まえもち》ってことがそうなら、どうしようもねえけど。よく意味がわかりませんよ」

「わからなけりゃ、それでいい。俺の言ったことを忘れなけりゃな」

藤木が、鍵を放ってよこした。俺は片手でそれを受け取り、掌《て》の中でちょっと鳴らした。

「ここ、使えるようにしますか」

「いまのところ、必要ない。埃が気になるというなら、勝手に掃除しろよ」

「適当にね。住み心地がいいようにさせて貰います」

藤木が立ちあがった。俺も一緒に、店を出た。


戻ってきたのは、九時すぎだった。

自転車を買うつもりだったが、ゼロ半のいい中古が見つかったので、それにした。雨さえ降らなければ、店へ通うのに大した支障はない。

躰ひとつだった。雑貨屋で下着などは買ってきたが、ジャンパーの替えさえもなかった。金は、多少持っている。

つまらないことを、引き受けたのかもしれない。下手をすると、また鉄格子の中に逆戻りだ。出所《で》てきた俺にできることは、まともな稼業《かぎよう》ではない知り合いを頼ることだった。ひとり殺《や》った男。それだけで幅《はば》が利くような世界だ。

二人、殺《や》らないか、と持ちかけられた。ひとりも三人も、同じといえば同じだ。藤木年男と川中良一。わからないようにやってくれていいと言われた。ひとり百万。二人で二百万。一割が、前渡《まえわた》し金だった。

引き受けたのは、はずみのようなものだった。藤木と川中がどういう男か、酒の席で吹きこまれたのだ。地方都市の歓楽街を牛耳《ぎゆうじ》っている男たち。退屈していたのだろう。刺激も欲しかったに違いない。安い鉄砲玉《てつぽうだま》だとはわかっていたが、頼んだ方も捨て金のつもりだったのかもしれない。

下でダスターを四、五枚見つけ、それで部屋を水拭《みずぶ》きした。不潔に暮す気はなかった。仕事の期限を約束したわけではない。ここに、何か月もいることになるかもしれなかった。

店の掃除をはじめた時、前に車が停まる気配があった。入ってきたのは、男と女だ。

「営業しておりませんが」

俺は、バーテンの口調にたちかえって言った。

「明りがついてたからさ。もしかすると『レナ』をまたはじめたんじゃないかと思って」

「この店は、川中エンタープライズの所有物で、私はここの管理を任されております」

「飲めそうな雰囲気じゃないね、これは」

男が苦笑した。女の方は、服に埃がつかないように気を配っているようだった。

「便利な店だったんだがな、ちょっと街はずれで。いつ開店するの？」

「さあ、それは」

「ま、いいか」

二人が出ていった。エンジンをかける音。俺はちょっと舌打ちして、ダスターでカウンターを拭《ぬぐ》いはじめた。

完全に掃除が終ったのは、十一時を回ったころだった。腹が減っていた。俺は、買ってきたパンを、缶ビールで流しこんだ。

小さな冷蔵庫は使えそうだった。グラスもかなり残っている。棚に酒瓶《さかびん》さえ並べれば、すぐにも営業は再開できそうだった。

海岸の方へ回ってみた。

砂浜だ。荒れた日は、波の音がかなり大きくなるだろう。明りといえば『レナ』のものだけで、海は波打際からずっと暗かった。

横たわると、砂は昼の陽光の名残《なご》りで、かすかに暖かかった。風の冷たさは、それほど気にならない。おかしなところに迷いこんだもんだ。ふと、そう思った。どこも、迷路みたいなもので、歩けば必ずどこかに迷いこむ。

星が沢山《たくさん》出ていた。

空を眺めながら、俺は煙草を二本喫《す》った。鉄格子。いやなものだ。時々、本気で脱走しようかとも考えた。仲間がいたら、やったかもしれない。みんな、怕がっていた。羊みたいなものだった。それが、鉄格子から出ると、また狼《おおかみ》の真似をはじめる。

いつの間にか、俺は眠っていた。

4 腎臓《じんぞう》

七時には、女の子もボーイも、全員集まっていた。

新しい従業員として、栗原と俺が紹介された。タキシードを着こんだ栗原は、それなりにサマになっていた。俺のベストは、ちょっと丈《たけ》が短いような気がした。

ミーティングなどがあるわけではなかった。七時に、小さなベルの音がするだけだ。それで全員仕事の態勢に入る。奥に更衣室があるらしく、女の子たちはそこからゾロゾロと出てきた。

俺は、店の中をひと通り見て回った。厨房《ちゅうぼう》、物置、トイレ、更衣室、クロークとキャッシャー。店というのは、店内の装飾《そうしょく》の照明、調度などを見るよりも、そういうところでよくわかるものだ。どこも清潔で、キチンとしていた。

「坂井、なにをうろついてる?」

タキシード姿の藤木が、擦れ違った時に小声をかけてきた。その喋り方で、なにかを俺は思い出した。しばらく考え、刑務所で囚人同士《しゆうじん》が喋るやり方にそっくりだと気づいた。

「店の中を。一応、なにがどこにあるか知っとかないと、お客様に訊かれた時に困ってしまいますから」

「七時前に来て、やっておくことだぞ」

「そうでした」

ベストの丈が短すぎると、俺は言おうかどうかちょっと迷った。黙っていた。女の子の衣装ではない。

カウンターの中にいるバーテンは、俺と中年男の二人だった。気の弱い男らしく、松野《まつの》だと自分から名乗った。俺が頭を下げたのは、その後だ。

カウンターには、バーテンが二人。外にボーイが四人。それにタキシード姿の藤木と栗原の爺さんだった。栗原は、席の調整をして客をできるだけ多く入れたり、女の子をうまく席に配置する役らしかった。最初の客が来た時、藤木に教えられていたが、十年も前からその仕事をやっていたように、うまくやってのけた。

水割り。水とウイスキーの調合について、うるさく言われたことがある。松野の作り方を横眼《よこめ》で見ていたが、いい加減なものだった。高沢《たかざわ》の爺さんなら、横から手を出して中身を流しにぶちまけてしまうだろう。なにしろ、石ころと水でシェイクの稽古《けいこ》をしろという男だ。

ＢＧＭはなかった。歌手が入っていて、時間になるとうたうらしい。特別に楽屋のようなものはなかったから、女の子たちの中に入っているのかもしれない。

八時を過ぎて、ようやく店の中は賑《にぎ》やかになってきた。俺も、水割りだけでなく、時々シェーカーを振った。松野は、よほどシェーカーが苦手らしい。ひどい音をさせている。

「俺は、ひと月前まで日吉《ひよし》町のバーテンだったんだ。客が註文するのは、水割りとビールだけさ。庖丁《ほうちょう》ならちょっとは使えるんだが、この店にゃちゃんとした厨房があるしな」

俺の視線に気づいて、松野が照れたように言った。日吉町といわれても、どこだかよくわからなかった。

「そこ、川中エンタープライズの店なんですか？」

「いまはな。半年前は、どうしようもない店だった。給料は確かによくなったが、気は重いよ」

従業員も引き継ぐかたちで、店を買収したのだろう。『レナ』のような店でさえ、買い取っている。川中という男が、なにを考えているのか、よくわからなかった。

「シェーカーは俺がやります。松野さん、ステアだけやってください」

「そうか。助かるよ」

小さな舞台で、女の子が軽いジャズをうたっていた。うたがうまいとは思えなかったが、男をそそるような表情をしている。

「この店専属の、沢田令子《さわだれいこ》だ。俺と同じころ、この店に入った。その前は、東京でうたってたんだそうだ」

「ジャズですね」

「売れなくて、ここへ流れてきたクチだろう」

松野は口が軽い。歌手といっても、同僚として働いているようなものだ。その悪口を平気で言う。

「専属歌手がいたって、おかしくない店ですからね、ここは」

「恰好《かっこう》だけはな」

実際、客の中には田舎のおじさんというタイプもいる。きっちりとスーツを着こなしているのは、郊外《こうがい》にある工場に東京から出張してきている連中かもしれない。

「キャバレーじゃ、結構あざといサービスを女にやらせてる。ここじゃ、女は乙《おつ》に澄《す》ましてるがね」

当たり前のことだった。キャバレーの女たちが乙に澄ましていれば、商売にならない。堅苦しい職場に移されて、松野は川中エンタープライズそのものを面白くなく思っているのかもしれない。

マルガリータの註文が二つ入った。ナプキンに塩を撒《ま》き、レモンで縁《ふち》を湿《しめ》らせたグラスを回転させて、素早くスノースタイルを作った。俺の手もとに、松野がじっと眼を注いでいる。

「ボトルキープはないんですね」

「まあな。水割り一杯でも、ボーイがきちんと運ぶことになってる」

「カクテルの註文も、多いみたいだ」

「いま、流行《はや》ってるのさ。おまえの前にいたバーテンは、本と首っ引きで作ってたよ」

カウンターに客が二人来たので、松野はそちらの方へ行った。俺は手早くシェーカーを振り、グラスを満たした。ボーイが運んでいく。栗原は、要領よく店内に気を配っていた。女の子も客も散らばっているので、満席のように見えるが、よく見るとまだかなり詰められた。かなり長い経験があるのかもしれない。安心して任せられると思ったのか、藤木の姿はなかった。

栗原を押しのけるようにして、客がひとりカウンターに真直《まつす》ぐ歩いてきた。顔色の悪い男だった。

「バーボン・ストレート」

いくらかカン高い声で、男が言った。襟《えり》に向日葵《ひまわり》の弁護士バッジをつけている。このバッジとは、お馴染《なじ》みといえばお馴染みだった。俺の弁護を担当したのは国選《こくせん》というやつで、俺は一文も払わなかったが、やけに熱心だった。率直になってくれよ。俺の顔を見つめて、何度もそう言ったものだ。

酒棚《さかだな》のワイルド・ターキーに、俺は手を伸ばした。

「待てよ、坊や。俺はそいつが嫌いだ」

「バーボンといわれますと、これしかございませんが」

酒の数は、あまり揃《そろ》っていない。ただ、高級な酒は一応置いてあった。

「テネシーウイスキーはバーボンじゃございません、なんて科白《せりふ》を吐くんじゃあるまいな。川中の店じゃ、若造のバーテンまで気障《きざ》でも不思議はないか」

黙って、俺はジャック・ダニエルに手を伸ばした。今度は、なにも言われなかった。

「いらっしゃいませ」

いつの間にか、藤木が出てきていた。

「川中は？」

「この時間は、事務所の方じゃないかと思いますが」

「君でもいっこうに構わんさ。伝えといてくれ。俺は南川《みなみかわ》商事の顧問を引き受けることにした。一応、挨拶《あいさつ》だけはしとこうと思ってね」

「わざわざ、恐縮《きようしゆく》です。社長も、宇野《うの》さんが引き受けられるだろう、という話はしておりましたから」

「いいのかね。敵に回すと、俺は面倒な男だぜ。自分で言うのも、おかしいが」

「社長が、宇野さんにお願いしない理由は、よく御存知でしょう」

「一年半も前の話だ。同じ街に住んで、いがみ合うこともないだろう」

「それでも、南川商事をお引き受けになった」

「まあな。はずみってやつだ」

藤木が、丁寧に頭を下げて奥へ消えていった。俺は、宇野と呼ばれた男のショットグラスが空くのを待っていたが、いつまでも空きそうになかった。ストレートを飲《や》る人間は、口に放りこんですぐにもう一杯と言う場合が多い。宇野は、舐《な》めているだけだ。

「新顔か？」

俺を見て、宇野が言った。俺は黙って頭を下げた。

「俺のバーボンってのは、いつもジャックのことさ。忘れるなよ」

「かしこまりました」

俺から興味を失ったように、宇野は客席の方へ眼をやった。ソルティ・ドッグの註文が来た。恰好《かっこう》をつけてカクテルを飲《や》る人間が、この店の客には多いようだ。

「どこで、修業した？」

気づくと、俺の手もとを宇野がじっと見つめていた。

「いろいろな店で」

「君の口の利き方は、藤木と似ているな。俺がはじめて藤木にそう訊いた時も、やっこさん同じように答えたよ。県道沿いの、『レナ』って店だった」

「いま、私が住んでおります」

「ほう。川中に言われてかね？」

「いえ、藤木にそこに住むようにと」

宇野が、また俺の顔に眼を注いできた。かなり長い時間、俺は妙な視線に晒《さら》されていた。

「キドニーってんだ」

「えっ？」

「俺のニックネームさ。前には、川中はそう呼んでた。もともと、やつがつけたものでね」

「意味はあるんですか？」

「ごついキドニー・ブローを食らったんだ。それでキドニーが二つとも死んじまった」

意味がよくわからなかった。腎臓が二つとも駄目になったということだろうか。

「いつからだね？」

「今日が、一日目です」

「変な時に入ったもんだ。この街で勤めるにゃ、川中エンタープライズは悪いところじゃなかった。きのうまでの話さ」

宇野のショットグラスが、半分に減っていた。黙って、俺は水を差し出した。

顔は痩《や》せた男だが、俺は黙って頭を下げた。「それも忘れないでくれ」

「水も炭酸も、俺はいらん。いつもウイスキーだけだ」

「炭酸の方がよろしいですか？」

「いらんよ」

宇野の、むくんだような目蓋《まぶた》を見ながら、俺は黙って頭を下げた。痩《や》せた男だが、顔はむくんだように見える。

「弟を殺しちまってね。川中の弟さ。一年六か月前だった」

黙っていた。危険な話題なら眼だけで相槌《あいづち》を打て。それも高沢に教えられたことだ。なぜだかわからないが、言われた通りにする習慣がついていた。

出所してから、高沢に挨拶には行っていない。説教をするだろう。怒鳴《どな》るかもしれない。どちらでもいいが、ただ黙って迎えてくれたら。それが怕かった。

「南川商事と川中エンタープライズか。いい勝負になるぜ」

俺はまた、眼だけで相槌を打った。

「藤木が現われたころと、そっくりだな、君は」

宇野が、ちょっと笑った。顔色の悪さが、いっそう際立った。

5　窓

光で眼を潰《つぶ》された。

ヘッドライトを上むきにしている。暗い道路ではなかった。街はずれの県道に出るところで、街灯はあった。それに、いきなり点灯してきたのだ。

強い陽《ひ》ざしを遮《さえぎ》るように、俺は腕を翳《かざ》して眼の上を覆《おお》った。近づいてくる三つの人影が見えた。

「なんのつもりだよ、てめえら」

ライトはつけられたままだった。ゼロ半の小さなライトでは、大男にぶつかる子供のようなものだ。

「おまえ、『ブラディ・ドール』のバーテンだろう？」

「だったらどうだってんだ？」

「いやに威勢《いせい》のいい口利くからよ。店じゃ澄《す》ましてるって話じゃねえか」

勤めはじめて、何日も経《た》っているというわけではない。初日だ。宇野の、不健康そうな顔が思い浮かんだ。

「ライト、消してくれねえか」

俺は、ゼロ半を二、三度空ぶかしした。なにかが飛んできて、頬《ほお》を掠《かす》めた。多分、石だろう。なぜ、石を投げられなければならないのか。考える暇はなかった。もうひとつ飛んできた石が、ジャンパーの左袖《そで》に当たった。

三人。やり合うのは馬鹿げている。俺は、方向を変えて走ろうとした。

「動くな。後ろから車をぶっつけるぜ」

中古のゼロ半は、せいぜい五十キロだ。細い路地に飛びこむ前に、追いつかれる。俺は逃げるのを諦《あきら》めた。

「スイッチを切りな」

言われた通りにした。車のライトが消える気配はない。

「用事なら、早いとこ言って貰おうじゃねえか」

「言うほどのこたあねえんだ」

男たちの顔は、逆光でよく見えなかった。右の男が、いきなり拳《こぶし》を突き出してくる。油断はしていなかった。ゼロ半が、音をたてて路面に倒れただけだ。

三人とむかい合っても、切迫《せっぱく》した気分にはならなかった。どこか、試されているような気配がある。誰が、なぜ試そうとするのか。

ひとりが踏み出してきた。真中の男だ。両脇の男は動かない。待った。ほとんど姿勢は変えず、顎《あご》をちょっと引いただけだ。さらにもう一歩、男が踏み出してきた。

男が動くのと、俺が躰を沈めたのが同時だった。隙《すき》。見えた。腹に一発叩きこむことができる。しかし動かなかった。男のパンチを頭の上でやりすごしただけだ。次の一発を、俺は横に跳んでかわした。両脇にいた男が、二人同時に動いた。俺は退《さ》がった。蹴りを避け、パンチを左腕で受けた。自然に、足が伸びていた。薙《な》ぐように、左側に突っ立っている男の首筋を蹴りつけていた。男が吹っ飛んだ時、俺はもう拳を構えていた。じりっ、と前へ出る。吹っ飛んだ男が、ようやく立ちあがったようだ。

短く、クラクションが鳴った。男たちの躰から、闘争《とうそう》の気配が消えた。車のドアが開き、ひとり降りてきた。

「悪かったな、坊や」

宇野だった。俺は、握りしめていた拳を開いた。

「どういうことなんですか？」

「いや、店と違って元気なんで驚いたよ。拳法《けんぽう》でもやってたみたいだな」

「説明してくれって言ってんですよ」

「どういうやつなのか、知りたくなった。なにしろ、川中の店のバーテンだから」

「あの店にいりゃ、こういう目に遭《あ》うっていう警告ですか？」

「俺が、個人的に興味を持っただけさ」

「興味を持てば人に殴らせる。弁護士さんのなさることじゃありませんね」

「もっと伝法《でんぽう》な口を利いた方が、君には似合ってるぞ」

宇野が、掌に握っていたものを口に持っていった。パイプだった。ヘッドライトの光の中に、宇野が吐き出した煙が霞《かすみ》のようにたなびいた。

「お客さんだからって、なにしてもいいってわけじゃないでしょう」

「さっきみたいに、べらんめえでやってみろ」

「ふざけてんですか？」

「おう、その調子だ」

また、宇野が煙を吐いた。馬鹿馬鹿しくなった。俺はゼロ半を起こし、キックしてエンジンをかけようとした。

「待てよ、坊や」

無視した。三度、四度とキックをくり返したが、エンジンはかからなかった。

「謝るには、どうすりゃいいのかな？」

「はじめから、こんなことはしないことですよ」

「藤木と似ていた。どこかな。それで試したくなった」

前科者と言われているような気分になった。藤木に前科があることを、宇野は知っているのか。

「俺が最初に藤木に会った時、もう三十はとうに越えてたがね」

「二十四ですよ、俺は」

「若いのにな、なぜ似てるのか。カウンターでそんな気分になった」

「酔ってますね」

「まさかジャックの二、三杯で。一本空けたって、昔は平気で車を転がしてたもんさ」

「とにかく、ふざけた真似はもうやめてくれませんか」

「わかったよ、坊や。これきりにする」

力まかせに蹴ってもかからなかったエンジンが、軽く蹴っただけでかかった。

俺がゼロ半を出すと、宇野は道をあけた。車の脇を通り抜け、県道へ出た。午前二時になろうとしている。

明りがついていた。

入口のそばには、藤木のスカイラインがうずくまっていた。

「どうも」

入っていって、俺は頭を下げた。自分のねぐらに入るのに、頭を下げるのは妙な気分だった。

藤木はカウンターのスツールに腰を降ろし、ジンをストレートでやっていた。タンカレーだ。

「きれいに掃除をしたんだな。酒さえ入れりゃ、すぐにでも営業がはじめられそうじゃないか」

「ま、きれい好きですから」

「一杯、やらないか？」

俺は、黙ってカウンターに入り、ショットグラスにタンカレーを注《つ》いだ。

「いつから？」

「いまさ。ほんの一、二分前だ」

「一時間も、カウンターで待ってたように見えますよ」

「そうかね」

藤木が笑った。俺はジンをひと息でひっかけた。二杯目を注ぐ。自分が強いのかどうかは、よくわからなかった。ウイスキーを一本空けても、大して酔ったような気分にはならない。

「見てたよ、さっきの」

「そうですか」

「なかなかなもんだ。度胸も据《すわ》ってる」

「どうかしてるんですよ、宇野さんていう人」

「俺は予想してたがね」

「そういえば、マネージャーが現われたころと似てる、と言ってました」

二杯目を呷《あお》った。酒に好き嫌いはなかった。飲まなければ飲まないでも過していられる。

「やる気になればもっとやれた、と俺は見たがね」

「なにも、やっちゃいませんよ」

「蹴りを一発だけか。見事なもんさ」

「躰が動いちまったんです。高校まで、空手部なんてとこにいたから」

「しかし、我慢してたよな」

「人が悪いですね、マネージャーも。宇野さんだとわかってたら、止めてくれりゃいいのに」

「見たかった。見ただけのことはあったよ」

「試されたり、見られたりか。なんて街なんですか、ここは」

「ありふれた街だよ」

「南川商事ってのは？」

「同業者さ。キャバレーが三軒、クラブふうの酒場が六軒、パブが二軒。ほかにも、レストランやパチンコ屋をやってる」

「大企業ってわけですね」

「この街の同業者じゃ、一番大手だ」

「そこと、社長はやり合おうとしてるんですか？」

「むこうが、勝手にしかけてきてるだけだ。規模こそ南川商事は大きいが、経営はうちの方がずっとしっかりしてる」

「俺は、この街で一番大きな店に入ろうと思ってたんですよ」

「南川商事に行くんだな」

「もう就職は決まっちまったから。それにしても、南川商事なんてのがあるなんて、知らなかったな」

「ここ一年ばかりのことさ」

三杯目を注いだ。藤木は、ほとんど飲もうとしない。

話をやめると、波の音が窓からしのびこんでくる。悪いものではなかった。刑務所では、波の音など聞えなかった。聞きたい、と考えたことも一度もない。しかしこうして聞いていると、娑婆《しやば》の音だと心の底から思えてくる。出所《で》てきた。出所《で》たいとは、二年の間ずっと思い続けていた。

藤木が、ようやくグラスを口に運んだ。用心深い飲み方だった。酒を用心しているのではない。ほかのなにかを用心しているのでもない。身についたやり方。多分それだろう。

俺は煙草をくわえ、カウンターの後ろの窓を開いた。二階の窓は大きいが、下の窓は空気抜き程度だ。しかもひどく立て付けが悪い。

「どうして、俺のことを気にしたんですか？」

「知らんよ」

「マネージャーがです」

「どうしてだろうな」

「はじめっから、俺のことを気にしてる。このねぐらも貸して貰ったし」

「気になるやつとならないやつ、世の中にいるのは二種類の人間だけさ」

言って、気障な科白《せりふ》に照れたのか、藤木はにやりと笑った。

窓の外に、煙草の煙が流れていく。県道を行く車は、もうほとんどなかった。聞えてくるのは、波の音だけだ。

「小さな窓だよな」

藤木も、流れ出していく煙に眼をやっていた。

「客が来なくて退屈な時、よくそこから海を眺めてたもんだよ」

「マネージャーが、この店をやってたんですか？」

「バーテンさ。社長も宇野さんも、よくここで飲んでたもんだ」

「一年半前？」

「そうだ。もうそんなになるな」

一年半が、長いかどうかは人によるだろう。二年という刑務所の月日が、俺にはひどく長かった。出所《で》る時のことを考えるからだ。六年も入っている中年の男はそう言った。ここで暮す。そんな気分にならなきゃ、どんどん苦しくなっていくだけだ。

藤木にとっての一年半も、俺とは違う意味で長かっただろう。よく生き延びてきた。そんなことを考えながら、眼を閉じる夜もあるのだろうか。

「小さな窓だ」

もう一度、藤木が言った。

6　大根

四日目には、俺はもう五年も『ブラディ・ドール』にいるような顔をしていた。

ボーイたちも、カクテルの註文を受けたら、松野は無視して俺に伝えに来る。出すぎた口はきかなかった。チーフの松野の手をわずらわすまでもなく、シェーカーは俺が振る。そんなかたちができあがりつつあった。

「きのう、どこか遊びに行ったの？」

カウンターにいた、沢田令子が言った。客が少ない時、令子はカウンターで自分の出番を待っている。一時間に二十分の唄《うた》。四曲はやることになる。それがひと晩に四回だ。

「掃除が大変だから」

きのうは日曜日だった。やったことといえば、掃除とゼロ半の整備だけだ。そのあと、街へ出てきて二時間ばかり歩き回った。

「今度誘ってよ、坂井さん。車、あるんでしょ?」

「ゼロ半さ。二人は乗れない」

「そう。あたしのアコードだっていいわ」

「それなら、いつでも。運転には自信があるから」

令子が笑った。上唇《うわくちびる》がまくれあがったようになり、白い歯が覗いた。うたっている時の顔だ。

「令子ちゃん、唄はどこで?」

「東京で、ちっちゃなバンドのボーカルをやってたの。芽は出そうもなかった」

「悪くないと思うけどな」

「ありがとう」

嬉《うれ》しそうな顔でもなかった。俺は、カンパリソーダを令子の前に置いた。カウンターに坐《すわ》っている女の子に、酒を出していいとも悪いとも言われていない。ボックスにいる女の子は、客の奢《おご》りで飲むことになっている。

女の子の中で、最初に口を利くようになったのが、令子だ。ほかの女の子より、カウンターにいる時間が長いからだろう。客に奢られる時はいつもマルガリータで、俺のスノースタイルがひどく気に入った様子だった。こんなに鮮やかにやれる人、東京にも少なくってよ。言われて悪い気はしなかった。

　三日働いただけで、この店のいいところと悪いところは見えてきた。造りはいい。従業員の教育もいい。しかし女の子たちは、どこか田舎臭かった。客も、スマートな連中は少ない。しつこく女の子を口説《くど》いている姿をよく見かけた。

　ちょっと早目に店に出てくれれば、川中とも会える。六時半に、シェイクしたマティニーをやるのが、あの男の習慣だ。それからどこへ行くのか、いまのところわからない。藤木は、開店の時と閉店の時は、必ず店にいるようにしているようだ。その間の時間は、残りの五軒を回っているらしい。

　三日とも、俺は早目に出ていた。面接の時も含めて、川中の姿は四度見ている。川中にマティニーを出すのは、藤木の仕事だった。マティニーを出し、飲むことで、なにかを確かめ合っているようにさえ見える。藤木の手捌《てさば》きは、さすがに水際立っていた。

　俺の顔を見ると、川中はいつも、よう坊や、と声をかけてきた。名前を覚える気はないらしい。それでも、いやな感じはしなかった。翳《かげ》はあるが、それを包んでいるものは明るかった。もともとは、陽気で屈託《くったく》のない男だったのかもしれない。

　殺《や》る時は、別々だろう。しかし、間を置くことはできない。一対一で、勝てるかどうかもわからない相手。それが面白かった。後ろから刺すような真似はしない。五分《ごぶ》で渡り合って、負ければこちらが死ぬ。勝負とはそういうものだ。

金が欲しくて、仕事を受けたわけではなかった。なぜ受けたのか、自分でもよくわからない。退屈だったから。そんな理由をつけて、考えるのはやめにしていた。

十時を回ったころ、藤木が店に戻ってきた。しばらく栗原と話をし、それからカウンターの方へやってきた。

「女の子に、酒を出してるのか?」

栗原の告げ口らしい。

「令子ちゃんにだけですよ。ほかの連中がカウンターに来ることなんてありませんから」

「やめておけ」

「ドリンクもなしにカウンターでポツンとしてるのは、逆におかしく見えるんじゃないかと思いまして」

「ケチな料簡《りようけん》で言ってるわけじゃない。みんな平等だってことだ。ほかの子が坐《すわ》ってたら、酒を出したりはせんだろう?」

「うたってるし、のどが渇くだろうと思って」

「うちじゃ、令子を歌手として雇ってるわけじゃない。うたいたいって言うから、許可してるだけさ」

「そうなんですか」

俺が肩を竦《すく》めてみせても、藤木は表情を変えなかった。

「告げ口も、あんたの仕事かよ」

栗原がそばに来た時、俺は小声で囁《ささや》いた。栗原は、にやりと笑っただけだ。


連中が暴れはじめたのは、十一時を回ったころだった。

連中というのは、九時すぎから一番奥の席で飲んでいた四人の男だ。はじめての客らしい。大人しく飲んでいたのは小一時間で、次第に声が大きくなり、品もなくなった。ひとりがテーブルを蹴っ飛ばし、もうひとりが持っていたグラスの中身を令子にぶちまけた。令子の大袈裟《おおげさ》な悲鳴が、事を大きくしたようなものだった。ボーイたちは、みんな令子が殴られたとでも思ったようだ。

俺は、カウンターを出るべきかどうか迷っていた。一度戻ってきた藤木は、また出かけている。六軒の酒場を管理するというのは、それなりに忙しいことなのだろう。

止めに入ったボーイを、ひとりが突き転がした。四人とも立ちあがっていて、これから本格的に暴れ出すという感じだ。

動きはじめようとする躰を、止めるものがあった。ここは俺の店じゃない。俺はバーテンの腕を売っているのであって、腕力を売っているのではない。

松野も、磨きかけのグラスを片手に持ったまま、じっと騒ぎを見つめているだけだ。

ボーイが二人、止めに入った。ちょっとした揉み合いだった。

「やめなさい」

栗原が出てきた。余計なところで。そう思ったが、別の面白さもあった。やめなさい、と栗原はもう一度言った。四人の男に言ったのではなく、止めに入ったボーイにそう言ったのだった。責任者か。男のひとりが、吠《ほ》えるように言った。栗原は、なにも言わず慇懃《いんぎん》に頭を下げただけだ。この女がな。令子を指さして、男がまた吠えた。

「外で、お話を伺いましょう」

栗原の声は落ち着いていた。躰がまったく動かない。遠くから見ていても、妙な迫力を感じた。年寄りがクソ度胸を出しているだけとは思えなかった。男たちも、その気配を感じたようだ。黙って栗原を見据《みす》えている。

「ここでほかのお客様の御迷惑になるようでしたら、私どもも警察にお願いしなければならないことになりますし」

「悪いのは、この女だぜ」

「ですから、お話は外で」

栗原が、もう一度頭を下げた。その恰好《かっこう》で、視線は落とさず、じっと男たちを睨《にら》みあげているようだった。テーブルを蹴っ飛ばした男が、まず頷《うなず》いた。

外に出た栗原が戻ってくるのに、十分もかからなかった。外に出てくれれば警察は呼ばない。栗原の言い方には、そういう意味がこめられていた。勘定を払うのがいやで、トラブルを起こす客はよくいるものだ。

しかし栗原は、レジに一万円札を数枚渡した。

「どんなふうに話したんだよ、あいつらに？」

帰りの時間を、栗原に合わせた。店を出たところでそう訊いても、栗原はちょっと笑っただけだ。

「おでん屋でも寄っていくか」

「悪かねえな」

「おまえ、よく店と外で喋り方を変えられるな。二重人格ってやつか」

「商売用は商売用さ」

「若えやつが言うこっちゃねえな。薄気味悪い野郎だよ」

遅くまでやっているおでん屋を、栗原は知っているようだった。路地の奥。木の桟《さん》のガラス戸がついた、屋台のような店だ。

端《はし》の丸椅子《まるいす》に、並んで腰を降ろした。

「おまえ、ねぐらをマネージャーに世話して貰ったんだってな」

「管理人みてえなもんさ。海沿いにポツンとある一軒家だぜ」

「よく雇ったもんだと感心してたが、ねぐらの世話までしてくれるたあな」

「ちゃんとシェーカーが振れるバーテンが欲しかったんだろう」

「言えてる」

酒はあまり強い方ではないらしい。俺が日本酒を飲んでいるのに、栗原はビールだった。

それで、俺と大してピッチは変らない。

「俺が、店と外じゃ喋り方が変るって言ったけど、あんたも相当だね」

「こっちは、おまえ、年季ってやつよ」

「その年季で、連中にも金を払わせたのか?」

「どうかな」

栗原は、老人らしくハンペンを少しずつ口に入れていた。そういえば、高沢にも店が終ったあと、よくおでん屋へ連れていかれたものだ。店の内も外も、客に対した時も俺に対した時も、高沢の言葉遣いはほとんど変らなかった。頑固《がんこ》で、客は店に酒を飲みに来ると決めてかかっていた。だから、女の子ひとり置こうとしなかったのだ。

客は、高沢の腕を知っている人間か、本物の酔っ払いだけだった。両方とも、俺にとっては負担だったものだ。酔っ払いは高沢を避けて俺に絡んでくるし、それ以外の客は俺が作るカクテルになかなか満足しなかった。

俺が逮捕された時、高沢は一度だけ拘置所《こうちしょ》に面会に来た。バーテンてのは、人殺しにもできねえことはない。そう言っただけだ。俺も頷《うなず》いた。だが、出所《で》てから結局会いにはいかなかった。

大阪の、まともではない職業を持った連中に会いに行った時、俺は自分の躰が風に吹き寄せられるのを感じた。そんなものだろうと思った。俺が頼った男は、俺が人を殴り殺したことを、仲間内に吹聴《ふいちょう》して回ったものだ。まだひとりですけどね。これから二人、三人と殺《や》る男ですよ。

「坂井、おまえ、なにしにこの街へ来た？　車までかっぱらって、わざわざ来るような街じゃあるまいが」

「東京まで、行くつもりだったさ」

「あの勢いで突っ走りゃ、東京だってすぐだったろうが」

「大阪出る時は東京と思ってた。途中で考え直したんだ。大阪だって東京だって、同じようなもんじゃないかってな」

「もうちょっと、信じやすいことを言いな」

「どう思おうと、そりゃ栗原さんの勝手さ」

「妙な偶然だよな。国道で俺を拾ったおまえと、また一緒になるたあな」

「はじめのは、偶然さ。俺があの道を走ってて、あそこで小便したくなるってのは、俺にもわかっちゃいなかったんだから。店で会った時は、この爺さんなんで俺を尾行《つけ》回すんだって思ったぜ」

「俺を、爺さんと呼ぶのは、やめにしとけ」

「五十九だろう」

「まだ爺さんじゃねえさ」

卵を口に押しこんだ。黄身がのどにひっかかったようになった。栗原が大根を頼んだ。

客はほかに近所の人間らしい男女がひと組いるだけだった。

「栗原さん、この街にどれくらい？」

「そうさな。二週間ってとこか」

「どこから流れてきたんだい？」

「妙な言い方すんな。ここが気に入ったってだけのことよ」

「家、あるんだろう」

「住んでるとこが、家さ。そんなもんじゃねえのか」

「まあな」

深夜に、ヒッチハイカーのような真似をしていた老人。考えてみれば、いかがわしいところがありすぎた。乗せた方も、ちょっとばかり高級な車を失敬してきた刑務所帰りだ。詮索《せんさく》するのも馬鹿げたような話だった。

「さっきの四人な」

大根を箸《はし》で四つに割りながら、栗原が言った。

「ただ面白くなくて暴れたわけじゃねえな。頼まれてやがった。俺ゃ、そう睨《にら》んでる」

「誰に？」

「南川商事だろう」

「川中エンタープライズと南川商事のこと、どれくらい知ってるんだい？」

「この街の、夜の商売は安定してた。南川商事も、パチンコ屋やレストランのほかにゃ、キャバレーを二軒持ってただけでな。ほかにも、ラブホテルとモーテルも四、五軒あったって話だが。それが、一年ばかり前から、目ぼしい酒場を買い漁《あさ》って、川中エンタープライズと客の奪い合いをはじめた」

「なぜ？」

「わからねえ。代替《だいがわ》りしたからだと、誰もが思ってる。息子は、まだ四十前でな。野心家ってやつよ」

「うちの社長と、歳でも張り合ってるってわけだ」

「ひとりで、そんな真似はしねえだろうって言うやつもいる。バックに誰かいるってな。なにしろ、うちの社長は、争いとなりゃ躰を張っちまう男らしいからな」

「詳しいね」

「みんな噂《うわさ》だ」

栗原が大根を口に入れた。ふた切れ食べただけで、皿を俺の方へ押しやってくる。

「食いなよ、坂井」

「なんで俺が？」

「大根は、躰にいいからよ」

栗原が笑った。俺は、黙って大根に箸を伸ばした。

7　令子

海沿いの道は、ドライブにはいいコースだった。松林《まつばやし》の間から、時折海面の輝きが覗《のぞ》く。海岸線に沿って曲がりくねっているので、変化がある。それでいて、車は大して多くもなかった。

「上手ね、運転。言ってただけのことはあってよ」

令子は、黒い革のパンツに、藤色《ふじいろ》のざっくりした手編みのセーターを着ていた。髪をあげている。店で見るのとは、かなり印象が違った。

「二十三っていったら、俺と大体同じだよな」

「歳《とし》のことで、大体なんて言わないものよ、女を相手にはね」

「店に出はじめて、ひと月くらいだって？」

「そんなもんかな。あたし、ほんとは歌手で入ってるんじゃないの。ホステスなんだけど、特別にうたっていいって言われてるだけ」

「聞いたよ」

「情ないと思わない。十九の時からプロのバンドのボーカルをやってたのに。それも東京よ。それが田舎町のクラブ歌手にもして貰《もら》えないなんて」

「買い叩《たた》かれたってわけかな」

「歌手を欲しがっちゃいなかったの。食べなくちゃなんないし、仕方ないでしょう」

生まれがN市だというのは、最初に会った時に聞いていた。故郷で暮さなければならない理由でもあるのか。

俺は、手を伸ばしてミュージックテープのボリュームを絞《しぼ》った。エンジン音が聞えていないと、車を転がしているような気分がしない。

「歌手を欲しがってる店、ほかにあるんじゃないのかな」

「駄目ね。高級な店は二軒だけど、もう一軒にはちゃんとした歌手がいるわ。どうしても歌手っていえば、キャバレーみたいなとこになっちゃう」

道路が、左の松林の中に大きくカーブしていた。このまま進めば、灯台のある岬に突き当たる。そこから、浜岡砂丘《はまおかさきゅう》へ行く道が出ていた。令子の持っている簡単な地図が正確ならばだ。原子力発電所もあると書いてあった。

「どこで、お昼ごはんにしようか」

煙草《たばこ》をくわえた令子が、ウインドガラスに額を押しつけて言った。

「灯台の近くなら、レストランくらいあるだろう」

「食堂と土産物屋じゃないかしら」

「ラーメンしかなけりゃ、それも仕方ないさ」

ドライブに誘ったのは、令子の方だった。ちょっと気晴しがしたくて。俺に異存はなかった。木曜日。日曜に誘われなかったのは、夜は仕事という意味があるのだろう。つまりは、運転手代りのようなものだ。

「坂井さん、ほんとに恋人いないの」

「何度言わせんだい」

「面白いのね」

「なにが？」

「店にいる時とは違う人みたい。どっちがほんとなの」

「これが地さ」

「店にいる時は？」

「客商売の顔をしてなきゃなんないだろう」

高沢の店で働いて、丁寧な言葉遣いを覚えた。高沢にそうしろと言われたわけではない。酔っ払いに絡まれても、通ぶった客がカクテルに文句を言っても、丁寧な受け答えをしていれば、なぜか腹が立たなかった。自分ではない人間が喋《しゃべ》っているような気がするのだ。

高沢は面白がっていた。酒さえきちんと作れば、うるさいところのない酒場の親父《おやじ》だった。俺が恭《うやうや》しく頭を下げたり、馬鹿丁寧な言葉を使ったりするのを、最初は遊びだと思ったようだ。遊びがすっかり身についちまったじゃないか。ある時、そう言われた。二年間。運転を忘れていないように、言葉遣いも忘れていなかった。

「灯台よ」

令子が言った。白い塔。わざわざ見に来るほどのものではない、と俺は思った。なにもない海の方が好きだ。灯台もなく、沖の船もなく、ただ荒れているだけの海。

午後一時だった。穏《おだ》やかな海だ。天気もいい。灯台を一周して歩き、車に戻った。

「どうってことなかったわね」

「はじめてなのか？」

「そう。近くに住んでると、行ってみようって気も起きないものよ」

「この先に、砂丘があるって書いてある」

「行ってみる？」

令子が俺の眼《め》を覗《のぞ》きこんできた。ああ、とだけ俺は言った。

バスルームから出てくると、令子はあげていた髪をおろし、二、三度首を振った。

俺はベッドに寝そべって煙草をくわえたまま、令子の裸身《らしん》を眺《なが》めていた。瘦《や》せた、小さな躰《からだ》だ。服を着ていた方が、大きく見える。胸もわずかに隆起《りゅうき》しているだけで、少女のような印象すら受けた。

令子が服を着てしまうまで、俺はベッドの中にいた。

強引に、車をモーテルに突っこんだ。いやね、なに考えてるのよ。そう言った令子を車から引き摺《ず》り降ろし、部屋に押しこんだ。抵抗《ていこう》してきたが、どこか本気ではない部分があった。一発張り飛ばしただけで、令子の抵抗は弱々しくなった。

「ひどい男ね」

髪にブラシをかけながら、令子が言った。憎々《にくにく》しいというような言い方ではない。

俺は躰を起こし、ブリーフとジーンズを同時に穿《は》いた。鏡の中で、眼が合った。俺はちょっと笑ってみせた。俺の服の着方がおかしかったのか、令子は声をあげて笑った。

「店の女の子に手を出しちゃ、馘《くび》よ」

「だから？」

「黙っててあげる」

「そりゃあ、礼を言わなきゃなんねえのかな」

「やり方は、卑怯《ひきょう》だったわ」

「男と女じゃ、どっちかが恥かかなきゃはじまらねえのさ。俺が、恥をかく役を引き受けてやっただけのことよ」

「あたしが、直《なお》とやりたがってドライブに誘ったみたいな言い方ね。あなたのこと、直って呼んでいい？」

「俺は、令子って呼ぶぜ」

「女の子をぶつの、よくないと思うわ」

「まあな。俺も本気でひっぱたいてるわけじゃねえさ」

「あれで、本気じゃないの」

面倒になってきた。女と寝たあとはいつもそうだ。

「遅刻するぜ」

言って、俺は部屋を出た。ちょっと遅れて、令子がアコードの助手席に乗りこんできた。

「ちょっとは女のことも考えるものよ、直」

「考えてるさ。遅刻させちゃいけねえと思ってな」

松林を抜けると海が見えてきた。モーテルがところどころに看板を出している。街中のラブホテルを使うより、こちらまで足を伸ばす男女が多いのかもしれない。人口二十万弱といっても、やはり小さな街だ。人の眼はある。

「直、藤木さんてどういう人？」

令子がミュージックテープをかけた。聴き覚えのない唄《うた》だ。この二年の間に流行した唄は、ほとんど知らない。刑務所には、売れなくなった演歌歌手が慰問《いもん》に回ってくるくらいだった。

「ねえ、直」

「知らねえよ」

「だって、藤木さんにスカウトされたんでしょう」

「なんでそう思うんだ？」

「腕がいいもの。それに、可愛《かわい》がられてるじゃない。『レナ』って店、会社のものなんでしょう。そんなとこに住まわせて貰ってるし」

「俺は、川中エンタープライズの求人広告を見ただけさ。『ブラディ・ドール』に配属されたのも偶然《ぐうぜん》だね」

「そうとは思えないけどな」

「だけど、そうさ」

陽《ひ》が落ちるのが、だいぶ遅くなっていた。海沿いの道路を走る車は、相変らず少ない。

「マネージャーのことが、だいぶ気になるみてえだな」

「なんとなく好きよ、ああいう渋い男って。だけど、なにを考えてるのか、さっぱりわかんないのよね。それに、あたしを歌手じゃなくホステスなら雇《やと》うと言ったのも、あの人だったし」

「カウンターでおまえに酒を出すなって言ったのも、あの人さ」

「よく知ってる間柄《あいだがら》かと思ってたわ」

「俺に関心はあるみたいだ。『レナ』の二階の部屋を貸してくれたし」

藤木は、確かに俺に関心を持った。同じ匂《にお》いを持つ人間としてだ。藤木が、立花と名乗っていたやくざだった、という話をする気はなかった。あることで、親分まで撃ち殺してしまった男。話したところで、信用しはしないだろう。

藤木が、なぜ親分を撃ち殺してしまったのか、理由は知らなかった。あの世界のことに詳しいわけでもない。それでも、藤木がいま生きていることは、奇蹟《きせき》に近いと言ってもいいことぐらいはわかる。

「あの人の、どういうところがいいのかな?」

「静かよ、いつも」

「それだけか?」

「深いような気がする。心の底まで誰も見通せなくて、自分でもよくわかっていなくて」

「つまんねえな」

「要するに、わからないってこと」

藤木のような男が女の眼にどう映るのか、俺にもよくわからなかった。どこか翳《かげ》を帯びた表情が、女を魅《ひ》きつけそうな気もする。

「社長はどうだ。同じくらいの歳のはずだぜ」

「もっとわかんないわ。何度か会った。会ったというより、見たと言った方がいいのかしら」

「社長の訓辞《くんじ》なんてもんも、やらねえみたいだしな」

「話したことある？」

「声をかけられたことはある」

狙《ねら》うなら、川中の方が簡単そうだった。態度に、どこか開けっ広げなところがある。藤木の方は、背中にも眼がついているという感じだ。

刃物を渡されていた。拳銃《けんじゅう》をくれと言わなかったのは、好きになれない道具だからだ。手が届かないところからでも、殺すことができる。女が持とうが子供が持とうが、同じように殺せる。

「あたしたちの話をしない？」

「最初に言い出したのは、おまえだぜ」

「中年男にちょっと関心を持ってみた。それだけのことよ」

「恋人は？」

「えっ？」

「おまえの、恋人さ」

「いるなら、直とこんなになったりはしないわよ」

「退屈したのかと思った。彼氏がどこかへ出かけちまったんで」

「ひどい男。思いやりのかけらもないんだ」

「やさしくするのは、性に合わねえよ。甘ったるい言葉を並べてる連中を見ると、いつも胸がムカついたもんさ」

低い声で、令子が笑った。俺は、手を伸ばしてボリュームを絞った。運転している時は、やはりエンジン音を聞いていたい。

8 刃《は》

車の停《と》まる音がした。

ドアを押して入ってきたのは、川中だった。

「どうも」

俺もスツールから腰をあげて、頭を下げた。

「何時にあがった？」

「ここへ戻ってきたのが、一時半ってとこです」

「車で通ってるのか？」

「いえ、バイクです。ゼロ半の」

「ゼロ半か」

川中が笑い、煙草に火をつけた。俺は、アルミの灰皿の吸殻《すいがら》を流しにあけ、川中の前に置いた。窓を開けたままなので、かすかに潮の匂いが漂《ただよ》っている。

「通りかかったら明りがついてたんで、つい寄っちまったよ」

「ここは、社長の店ですから」

「いまは、君のねぐらだろう。藤木も、ここの二階にいたことがある」

「そう、おっしゃってました」

灰を灰皿に落とし、川中は俺の顔を見つめてにやりと笑った。

「どうも君の言葉遣いは気になるな。店でもそんなふうなのか？」

「店では、こんなふうです」

「ほかじゃ、違うのか？」

「ま、もっと砕《くだ》けてます」

「俺と喋る時は、その砕けた方でいこうじゃないか。なんとなく馬鹿にされたような気分になっちまう」

でかい男だ。背は俺の方が高いかもしれないが、むき合っているとでかく感じる。

俺も煙草に火をつけた。川中がじっと俺の顔を見据《みす》えてきた。盗み見るなどという言葉とは、およそ縁のない男だ。

「よく働いてるそうじゃないか」

「仕事ですから当たり前でしょう」

「名前、なんだったかな?」

「え?」

「君の名前だよ。一度藤木に聞いたんだが、忘れちまった」

「坂井です。坂井直司《なおじ》」

「そうか。坂井、酒はないのか?」

「社長、車でしょう」

「ワイルド・ターキーを一本空けて、俺はよく車を転がすんだぜ」

「いいですよ。子供じゃないんだから」

カウンターの下から、藤木が持ってきたジンを出した。タンカレーか、と川中が呟《つぶや》いた。

グラスは、磨きあげてあるのできれいだった。冷蔵庫から氷を出した。

「ジン・トニックができるかね?」

俺は頷《うなず》いた。酒さえあれば、いますぐにでも開店できる。よほど酒呑《さけの》みの経営者だったのか、酒瓶《さかびん》だけはきれいに持っていっていた。グラスなど、ほとんど残っているようだ。

「ジン・トニックはどんなふうに?」

「やりようがあるのか？」

「トニックとソーダのハーフ・アンド・ハーフにいたします」

「トニックウォーターだけと、どんなふうに違う？」

「トニックウォーターは甘いと言われるお客様が多くて。辛口《からくち》のジンだけでは、どうもその甘さを殺せません」

「ソーダだけで割るってのは？」

「微妙《びみょう》でしてね。トニックの甘さがいらないというわけじゃないんです」

川中が笑った。俺はグラスに氷を放《ほう》りこみ、まずジンを注いだ。それからトニックとソーダの瓶を摑《つか》んだ。川中が、黙って頷《うなず》いた。

ジン・トニックを、川中はひと息でグラス半分ほど飲んだ。悪くないというような顔で俺の方を見、グラスをカウンターに置いた。

「波の音か」

「はあ」

「妙な顔をするなよ。あの音を聞きながら、ひと晩寝ていたことがある。藤木がいたころだがね」

「好きなんですか？」

「ただ動けなかった。じっとしてると、やけに大きく聞えたりするもんだ。いまは好きだがね」

川中が黙ると、波の音が店の中に紛《まぎ》れこんでくる。聞こうと意識すればするだけ、それは耳の中で大きくなるようだった。

氷とグラスの触れ合う音が、波の音を消した。川中のグラスが氷だけになっている。俺は手早く氷をひとかけら足し、二杯目を作った。

「どこかのお帰りですか？」

「まあな」

「はじめてです」

「なにが？」

「店で、社長がマネージャーのマティニーを飲む姿を見損なったの。七時ギリギリに店に入ったもんですから」

「別に毎日やってるわけじゃない。ただ、あれをやると、生活に臍《へそ》ってやつができる。ひとり者は、そうでもしなきゃ一日の臍がどこにあるかわからんもんだ」

川中が、また煙草に火をつけた。俺は、自分のジン・トニックを口に運んだ。

「ここ、いつ開店するんですか？」

「いつかな。はじめる気になりゃ、すぐにでもはじめられそうじゃないか」

「掃除だけはしましたから」

「建物がいかれかけている。海のそばで潮風に晒《さら》されてるからな。いかれかけた建物ってのもまたいいもんだが」

「ひと組だけ、客が来ましたよ。まだ掃除があがる前だったですけど。街からちょっと離れてて、それがいいっていうお客さんも多いみたいです」

「夏までにゃ、なんとかしよう」

川中が、スツールの上で躰を動かした。

冷蔵庫を開けた。つまみになりそうなものは、なにもなかった。せいぜい、卵やハムといった程度のものだ。

「乾《かわ》き物でもありゃいいんですが」

「気は遣うなよ。夜中にいきなり押しかけてきて、酒を飲ませろもないもんだよな」

「別に構わないですよ。女がいるわけでもないんですから」

「女か」

川中が、ちらりと天井に眼をくれた。

「引っ張りこんじゃいませんよ」

「誤解するな。上の部屋で、女が寝ていたことがあってね。俺と藤木で、匿《かくま》ってるという恰好《かっこう》だった。いま思い出すと、結構危ない橋を渡ったもんだ」

「その女の方は？」

「死んだ」

「そうですか」

「自分で自分を殺したようなものだったな」

自殺ということでもなさそうだった。一年半前、川中は弟も死なせているはずだ。

「ただ殺されていった女もいたよ。その女のことはよく思い出すが、ここの二階にいた女のことは滅多《めった》に思い出さんな」

俺は自分のグラスを空け、ジンだけを注《つ》いだ。チャンスかもしれない。ここで川中を殺《や》って藤木に知らせに行く。ひと晩で、きれいに仕事を片付けられる。

匕首《ドス》は二階だった。口実を作って二階へあがり、背中にでも隠して降りてくる。不可能ではないだろう。それどころか、滅多にないチャンスだ。

二度、カウンターを出ようとした。トイレでもいい。二階のガス台に薬缶《やかん》をかけっ放しだという理由でもいい。言い出せなかった。見透《みすか》されるというより、殺意が湧《わ》いてこない。怕《こわ》がっているのか。ふと思った。もしそうなら、笑い出したいほどおかしなことだ。

「どうした?」

「なにがですか」

「煙草、灰皿に置きっ放しだぞ。フィルターが燃えはじめてる」

「うっかりしてました。ジン・トニックの味がどうかと考えてましたんで」

「悪くない」

「酒っての、気分の問題もありますからね」

「じゃ、気分が悪くないってことかな」

二杯目を、川中はいつの間にか空けていた。俺は新しいソーダとトニックの栓《せん》を抜き、三杯目を作った。藤木とは違う。この男は飲み方が陽性だ。

「ちょっと」

理由は言わず、俺はカウンターを出て二階へあがった。匕首《ドス》を引き出し、鞘《さや》ごとジーンズの背中に差して下へ降りた。

川中は、三杯目を空けていた。飲みはじめると、際限《さいげん》なく飲んでしまうタイプなのかもしれない。体格から見て、相当入りそうだ。

腰に、突っ張ったような感じがある。こいつを抜いて。そう思うが、手が腰の後ろにいかなかった。

「藤木と、はじめて会ったのがここだった。俺の友だちが、腕のいいバーテンがいると言うんで、見にきたんだ」

「宇野さんですね」

「知ってるのか？」

「店に見えました。マネージャーになにか言われてたようですけど。俺はそのあと、おかしながらかい方をされましたよ」

「宇野が？」

「俺がマネージャーに似てるんだそうです。ここにいたころのマネージャーにね」

腰の後ろに手を回した。匕首《ドス》の柄《つか》が触れてきた。握りこめなかった。ただあることを確かめただけだ。

「藤木に似てるか」

川中がちょっと笑った。俺も笑い返した。黙ると、波の音が耳についてくる。

「シェーカーの振り方、どこで覚えた？」

「十八の時から四年間、酒にうるさい人の店で働かせて貰いました。シェーカーに水と石を入れて、練習させられたもんです」

「そんなことをすりゃ、いまの若い連中は逃げ出しちまうもんだが」

「好きでした。なんとなくですが。頑固な親父さんだったんですが」

「四年でやめたのか？」

「そういうことです」

「それからは？」

「いろいろと。どこへ行ったって、酒場ってやつはありますから」

酒を作ることも飲むことも禁じられている場所がある。そこで、二年間暮した。酒が飲みたい。どうしようもない欲求に襲われたのは、はじめのひと月くらいのものだった。

酒などなくても、人間は暮していけるのだ。

出所した時、最初に女だった。それから煙草。酒はそのあとだった。舌が鈍《にぶ》っているかもしれないと思ったが、逆に鋭《するど》くなっているような感じだった。

「俺は、自分じゃカクテルを作れん。シェーカーがぶっ毀《こわ》れそうなほど振り回しちまうんだ。味はわかると思ってるがね」

「俺もそうです。どう振っても、親父さんの味にはかなわなかった」

「しかし自信は持ってるな。振る時の顔を見てりゃわかる」

「四年間、同じことをやってりゃ、なにか見えてくるもんですよ。それが自信になってるのかもしれません」

「二十四だよな」

俺は頷いた。川中が、四杯目を軽く空けた。酔ったようには見えない。

「ワイルド・ターキーがお好きなんですか？」

「あるのか？」

「いえ。ただこの間、宇野さんは嫌いだとおっしゃっていましたから」

「やつはジャックだろう。それに大して飲みはしない」

「どういう方なんです？」

「なにかされたと言ってたな」

「大したことじゃありません。俺がマネージャーに似てて、それでなにか試してみたかっただけみたいでした」

「そういうやつだよ」

「南川商事の顧問になったとかで、川中エンタープライズは敵みたいな言い草だったな」

「実際そうさ。南川は、猛烈《もうれつ》に店舗を増やしてきてる。親父の代まで持ち続けてきた山を、相続税のために売っちまったんだ。税金を払ったあとの金で、売りに出ている酒場は、手当たり次第に買っちまった」

「それで、社長とぶつかったってわけですね」

「俺の勝ちさ」

「自信、あるんですか」

「ツキだよ。俺にツキがあるってんじゃなく、宇野にツキがなさすぎる。ちょっとでもツキがあったら、腎臓《じんぞう》が二つとも駄目になることはなかっただろうし、好きな女と暮すこともできただろうし」

「南川商事とは、どうなります？」

もう一度、俺は腰の後ろに手をやった。抜ける。そう思ったが、やはり手は動かない。川中と藤木。殺すのに手間がかかりそうだ。ひとりでも手強《てごわ》い。もう一度だけ、俺は匕《ド》首《ス》の柄に手をやり、握った。

「南川は、眼のつけどころを間違った。いくら派手に儲《もう》けようとしても、この街じゃ酒を飲む人間の数は限られている。南川には、もう俺の会社を潰《つぶ》すしか方法は残っていないんだ」

「自分の金で買ったんでしょう。多少の損を覚悟して、売れば済む問題だと思うけどな」

「まあな。金の問題だけじゃなく、ほかのこともいろいろ絡んでるようだ」

グラスのジン・トニックを空けて、川中はスツールから腰をあげた。

「邪魔したな、坂井」

「まだ、寝る時間じゃありません」

俺はカウンターを出た。チャンスだ。頭だけで考えていた。スツールを降り外へ出ようとしている川中の背中へ、匕首《ドス》を叩きこむ隙《すき》はいくらでもあった。

ワインレッドのポルシェが、店の前にうずくまっている。いい車だ。一度は乗ってみたい。二年前、街を走るポルシェを見るたびに、そう思ったものだ。

「坂井。藤木ってのはいい男だぞ。おまえさえその気になりゃ、いろんなことを教えて貰える」

「そうですか」

「男だよ、やつは」

ポルシェが、エンジン音をあげた。道路に出てすごい勢いで遠ざかっていくテイルランプを、俺はしばらく立ち尽して眺めていた。

それから、中に入った。

ジンを二杯、たて続けに飲んだ。

腰の後ろに手を回す。抜けた。簡単なものだった。白く光を放つ刃《は》を、俺はしばらく見つめていた。

かすかに、黒い錆《さび》が浮いている。流し台の下に砥石《といし》が放置してあったのを思い出して、引っ張り出した。仕あげ砥《と》。水をかけるとヌルヌルとした水棲《すいせい》動物の肌《はだ》のようになる、目の細かい石だ。

錆を落とすには手ごろだった。

刃を当て、体重をかけて押す。ズズッと、重い音がした。小一時間、俺は匕首《ドス》を研ぎ続けていた。額に浮かんだ汗が、ポタポタと顎《あご》のさきから垂れ落ちてくる。

刃を光に翳《かざ》した。鈍く白い光を放っているだけで、錆はどこにもなかった。

9　人殺し

土曜日は、地もとの客が多かった。

商店の旦那《だんな》、地もとの会社の社長、不動産屋、土地成金。郊外《こうがい》の工場の幹部連中は、ほとんど姿を見せない。

註文《ちゅうもん》のカクテルも、少なかった。松野の代りに、俺は水割りまで作っていた。

令子がうたっている。野卑《やひ》な野次が、ひとつか二つ飛んだ。軽いジャズ。バンドが入っているわけではない。テープで伴奏《ばんそう》を流している。田舎のクラブでうたうようなものではなかった。

栗原が、ちょっと出てこいと合図したのは、十時過ぎだった。

「なんだい。松野さんに睨《にら》まれちまったよ」

女の子たちの更衣室の前。客席からは見えないようになっている。

「むかいに『チャアリー』という店があるだろう。知ってるよな」

「ああ」

「いまそこに、六、七人の男が入った」

「それで？」

「連中、ここへ来るつもりだ」

「どうして、それがわかる？」

「藤木さんから電話が入った。南川商事の息のかかった連中さ」

「この間みたいに、暴れるのかな」

「暴れさせろとよ。やり合って構わんと言ってきた」

「へえっ。だけど、俺はただのバーテンだからな」

「叩き出すのも仕事だろう。おまえにやらせろと、藤木さんが言ってきたんだ」

「栗原さんは？」

「俺は、若い者《もん》とやり合える歳じゃねえ」

なぜ藤木がそう言うのか、意味はわからなかった。この間の事件は、当然知っているだろう。栗原が出ていけば、丸く収まる可能性はある。

「藤木さん、いまどこなのかな？」

「それは、なにも言わなかった。俺にも意味はわからねえが、とにかくそうしろって言うんだ。ボーイどもだけじゃ、心もとないと思ったんだろうよ」

栗原が含《ふく》み笑いをした。

「なにか知ってるな、あんた」

「いや。ただ、おまえのお手並《てな》みってやつを、ゆっくり見れると思ってな」

「冗談じゃないぜ。殴り合いをするのがバーテンの仕事だって、誰が決めたんだ」

「いやなら、店をやめるさ」

言い返そうとした時、栗原はもう背中をむけていた。

連中が入ってきたのは、俺がカウンターに戻るとすぐだった。六人。見てすぐにそうだとわかった。スーツにネクタイという姿だが、眼に険《けん》がある。

栗原が、落ち着いた物腰《ものごし》で席に案内した。それからカウンターの前を通り、俺の顔を見てにやりと笑う。

騒ぎは、うたを終えた令子が席に着いた時に起きた。なにが原因だったのかはわからない。突き飛ばされた令子が、悲鳴をあげて床に転がった。スカートがまくれあがり、ブルーの下着が覗いて見えた。

ボーイが三人飛んでいく。それで騒ぎは逆に大きくなった。連中にすれば、おあつらえむきだったのだろう。ひとりが殴り飛ばされ、もうひとりが蹴《け》られた。残るひとりは、胸ぐらを摑《つか》まれている。

ほかの客は、総立ちになって店の隅《すみ》にかたまっている。

俺はカウンターを出ていった。松野は、ただ見ているだけで止めようとしなかった。

俺に気づいたひとりが、突っかかってこようとした。上体を低くし、蹴りあげた。反動をつけて上体を起こし、そのまま体重を乗せて、別のひとりに肘《ひじ》を叩きこんだ。

なにが起きたか、とっさにはわからない様子だった。ボーイの胸ぐらを摑んだままの男の股間《こかん》を蹴りあげる。ようやく、連中は連携《れんけい》して動きはじめた。端《はし》の男。挑発《ちょうはつ》した。殴りかかってくるところを、蹴った。かわした男が体勢を崩《くず》す間に、俺は五、六歩出口にむかって後退した。

六人が、ひと塊《かたまり》になって押し寄せてくる。狭い店の中だ。二人ばかり相手にするだけで、残りの四人は後ろでいきり立っている。出口にむかって、後退していった。ドア。背中が当たった。そのまま体重をかけた。路上に転がり出る。俺としては不利だった。狭い店の方が、多人数を相手にするには都合がいい。

横から、蹴りつけられた。顎《あご》に拳《こぶし》が飛んできた。二発とも、まともに食らった。俺は路上に転がりこみ、三発目をかろうじて避けた。叫《さけ》びをあげながら、ひとりが執拗《しつよう》に蹴りつけてくる。ボールを受けるように足を受けとめ、持ちあげた。バランスを失った男が倒れる前に、下腹に拳を打ちこむ。立った。立った時は、走っていた。男たちが追ってくる。スピードをあげ、止まり、ふりかえって拳を突き出した。タイミングのいいカウンターになった。

後ろに二人回った。もう走るわけにはいかないだろう。構えた。無意識に、構えが出ていた。間合い。少しずつ詰まってくる。踏み出してきたひとりを、蹴りで横に飛ばした。腰にひとり抱きついてくる。

倒れていた。馬乗りになっている男と、体勢を入れ替えた。顔面に拳を叩きこむ。その間、背中や脇腹に何発も食らった。六人。ひとりくらいは、と思った。渾身《こんしん》の力で、押さえこんでいる男の顔面に一発叩きこんだ。手応《てごた》え。それを感じながら、意識が遠のいていった。

シャンデリアが見えた。

上体を起こそうとすると、全身に痛みが走った。首だけ動かす。

藤木と川中の顔が見えた。

「よう、坂井」

川中が、道で会ったような言葉をかけてきた。

「もうしばらく休んでろ」

「連中は？」

「逃げたよ。警察だと叫んだだけでな」

藤木だった。自分がなぜ殴り合いをさせられたのか、よくわからなかった。

椅子《いす》の背に摑《つか》まって、上体を起こす。

「はじめから、警察と叫んでくれりゃいいのに」

「いろいろと調べたいことがあった」

「俺は、そのためのいけにえみたいなもんですか？」

「まあな」

藤木が言うと、川中が声をあげて笑った。悪意があるようには思えない。それでも、俺は袋叩《ふくろだた》きにされた。

「ひでえ話だな、まったく」

長い時間、のびていたのだろうか。店に、もう女の子たちの姿もボーイの姿もなかった。

川中と藤木だけだ。

「なにか飲むか、坂井？」

「いや、ゲロでも吐きたい気分ですよ」

「悪かった。栗原さんが出て凄《すご》めば、今度はやられちまっただろうしな」

藤木が、水を差し出してきた。ひと口だけ、俺は飲んだ。

川中が、並んで腰を降ろしてくる。

「酒場ってのは、いろんな人間が吹《ふ》き寄せられてくる。君も、そのひとりさ。ただ、その中に別なのが紛《まぎ》れこんでることもあるんでな」

「つまり、南川商事の息のかかったような連中ですか？」

「そういうことだ。調べてもわからん場合が多い。なにも新しく入った連中とはかぎらんからな。胸ぐらを摑まれていたボーイは、うちではもう二年になる」

「あいつが」

「目腐《めくさ》れ金とは、よく言ったもんさ」

「そういうやつをいぶり出すために、やっぱり騒ぎが必要だったんですか？」

「君にゃ、悪いことをした。一番頑丈《がんじょう》そうだったんでな。それに、南川の息がかかってないと、藤木が言った。俺も、そう思ったよ」

「南川なんて、この街へ来てはじめて耳にした名前です」

「そのうち、君も目腐れ金をチラつかされるかもしれんさ」

「金にゃ転ばない方でしてね」

煙草をくわえた。川中が、デュポンの火を出してきた。
二、三服喫《す》っただけで、胸がムカついてきた。腹を何発も蹴られたのだ。それでも、無意識に急所はガードしていたようだ。
「殺伐《さつばつ》としてきたのは、この二週間ばかりでな。むこうは、宇野を顧問弁護士として雇って、挙げられた連中もすぐに出せる態勢を作ってる」

「俺にゃ、関係ないな」

「君ひとりがそう思ってる。そういうことになっちまったさ」

「殴り合いにゃ、そういう意味もあったんですか?」

「察しはいいようだな」

「汚ねえな」

「仲間が欲しかったところだ。そこへ君が飛びこんできた。藤木の眼ってのは、不思議な眼なんだ」

「俺もそう思いますよ。ならそうだと、はじめから言ってくれりゃいいんだ」

俺の標的の二人が、眼の前にいた。距離は近づいた。そう思えば、殴られたことくらい大したことではなかった。

「店の中でやり合った方が有利だとは、わかってたんだろう？」

「まあね。むこうは六人だし、狭ければ狭いほど俺にはよかったですよ」

「だけど、外へ誘い出した」

「ぶっ毀《こわ》れるものが、ありすぎますよ」

「そこまで頭を働かせてやり合えりゃ、立派なもんさ」

指に挟んでいた煙草から、灰がポトリと落ちた。気にしなかった。血反吐《へど》で絨毯《じゅうたん》を汚すことを考えれば、どうということもない。

「大怪我《けが》はしていない。打撲だけだ。バイクで転んだとでも思えばいいさ」

藤木が言った。俺は煙草を消した。実際、耐え難い痛みというのは、どこにもなかった。ゆっくりと立ってみる。足の筋肉が突っ張ったような感じだった。

「帰っていいんですか？」

「まあ、一杯やっていけよ」

「そんな気分じゃありません」

「人を殺したそうだな。藤木から聞いたが」

「人殺しは、いつもいけにえですか」

「俺も、人殺しだよ。いまの君より、もうちょっと歳上《としうえ》だったかな。過剰《かじょう》防衛で起訴《きそ》されたが、有罪にはならなかった」

俺は、川中の顔を見つめ直した。

「有罪にならなかったってだけで、人殺しであることには変りない」

眼が合った。川中は笑わなかった。はじめて、俺は川中の眼の中に暗い翳《かげ》を見つけた。

「藤木もそうさ。もっとも、藤木は裁判にかけられちゃいない。刑務所には入ったことはあるそうだが」

人殺しが三人。ちょっとおかしいが、笑う気分にはなれなかった。

「俺はな、坂井、ほかにも人を死なせたよ。大事な女を死なせたし、弟も死なせた」

「この間、そんな話をしてましたね」

「いやなもんさ、過去ってやつは」

「俺も、社長ぐらいの歳になったら、そう思うのかな」

頭を下げた。背中に痛みが走った。

外には風が吹いていた。冷たさが、かえって快かった。

キックする足に、力が入らなかった。チョークを引き、五回目でようやくエンジンが唸《うな》り声《ごえ》をあげた。

10　コーヒー

車の停まる音がした。

神経がささくれているのだろうか。眠っては眼が醒《さ》めるという状態が続いている。躰が熱を持っているようだ。

下のドアがノックされていた。執拗《しつよう》なノックだ。俺は匕首《ドス》に手を伸ばした。いつも、枕《まくら》の下に押しこんである。

それから、ゆっくりとベッドから躰を起こした。

音をたてずに、階段を降りていく。ノックは続いていた。

「誰だ？」

声をかけた。ノックが熄《や》み、ひと呼吸置いて返事が返ってきた。

「令子」

「ひとりか？」

「当たり前でしょう」

ドアを開けた。右手では、匕首《ドス》の柄《つか》を握りしめていた。

ひとりだった。俺は、急いで匕首《ドス》を腰の後ろに隠した。

「心配だったの。ひどい怪我だったでしょう」

「大したこたあねえよ」

「無茶な人ね。六人を相手にひとりでむかっていくなんて」

「まあいい、入れよ」

下の明りをつけた。令子はまだ化粧をしたままだった。髪は、肩まで垂らしている。店であげていたかどうか、よく思い出せなかった。

「二階が、俺のねぐらさ」

「入ったの、はじめてだわ。県道を通る時には見ていたんだけど」

「海のそばだってのが、気に入ってきた」

令子が、俺の顔を見つめてきた。俺がくわえた煙草に、ライターの火を出してくる。

「なんだったんだ、はじめの原因は？」

「わかんない。いきなり突き飛ばされたの」

「ブルーの下着、見えちまったぜ」

「よしてよ、こんな時に冗談なんか」

「こんな時って？」

「直、大怪我したんでしょう？」

令子の視線が、全身を這《は》った。

「怪我、ひどくなかったの？　店へ運びこまれてきた時は、ぐったりしてて死んだみたいに見えたんだから」

「そりゃ、のびてたんだからな。それまでは、急所をカバーしながら殴られてた。大怪我なんて、滅多《めった》にするもんじゃねえや」

急所。そこを打つと、呆気《あっけ》ないほど簡単に人間は死ぬ。気絶する。それ以外は、ただの打身というやつだ。急所に当たるか外れるか。なにかが決める。打つ人間、打たれる人間の意志以外の、運のようなものが決めることがある。

なんでもないつもりで打った。急所を狙ったりなどしていない。それでも相手は吹っ飛び、後頭部をしたたかに路面で打った。ほんの少し倒れる角度が違ったら、あるいは倒れる勢いが弱かったら、頸椎《けいつい》を折って死ぬことなどなかっただろう。俺の場合はそうだった。

「繃帯《ほうたい》とか薬とか持ってきたんだけど」

「いらねえな。青痣《あおあざ》に薬塗ったってはじまらねえや」

まだ夜は寒い季節だった。アンダーシャツ一枚とジーンズでは、すぐに躰が冷えてきた。それが、快かった。

「あがれよ。俺の部屋、見せてやる」

令子が頷いた。匕首《ドス》が見つからないように腕で隠しながら、俺は階段を昇った。

二階の明りをつける。寒々としたベッドが照らし出された。板壁《いたかべ》の釘《くぎ》に吊《つる》した服、テーブル代りのビールケース、お湯を沸かすためだけに買った薬缶《やかん》。それ以外にはなにもなかった。

「すごいな、ここ」

立ったまま、令子は部屋の中を見回した。俺は床の服の中に匕首《ドス》を隠し、ベッドに倒れこんだ。

令子が窓をちょっと開けて外を覗いた。波の音。海が近くなった。あまり荒れたことはない海だ。真冬には、もっと荒れるのかもしれない。

「もともと物置かなんかだったんじゃなくて。窓がなけりゃ、完全に倉庫よね」

ねぐらなど、どうでもいい。そう思って入った部屋だが、気に入っていた。なぜだかわからない。海が見えるからか、近所に家がないからか。これまでも、大した部屋に住んだことはなかった。家具なども、ほとんど持ったことはない。

「大して高くないわよ、市内の部屋だって」

「余計なお世話だ」

「借りる時にちょっとお金が要るけどね。それがないんでしょう」

「出してくれるか？」

「いいわよ。ほんとに引越すつもりなら。あげるんじゃなく、貸すんだけど」

「俺が住みたいのは、部屋の窓から海が見えるとこだ。椅子を窓際に持ってきて、そこで酒でも飲みながら海を見てる。そりゃいい生活だと思うな」

「本気じゃないわね」

「女に金を出して貰って、居心地のいい部屋に住もうとは思わねえな」

「気ままでいいってわけ、こんな小屋みたいなとこが」

俺は手を伸ばして、令子の服の袖《そで》を引っ張った。

「そろそろ、帰るわ」

俺に覆《おお》いかぶさってきて唇を一度押し当て、令子が囁《ささや》いた。俺の手は、もう令子の胸に伸びていた。令子が身じろぎをする。

「駄目。怪我してるのに」

「女が抱けないような怪我じゃねえさ」

「明りを消してよ、直」

そのまま続けた。最後まで明りは消さなかった。令子の喘《あえ》ぎに入り混じってくる波の音に、俺は耳を傾けていた。令子が眠ったようになっても、波の音はまだ続いていた。

買うものが、それほどあるわけではなかった。下着、タオル、洗剤、酒、煙草。ゼロ半の、ハンドルの前についた籠《かご》がようやく一杯になってきた。あとは、適当に食い物を買うだけだ。

スーパーの野菜売場で、栗原の背中を見つけた。近づいていく。しばらく後ろに立っていたが、栗原は気づかなかった。ラップで包まれた二つのレタスを、じっと見つめているだけだ。いつまでも決まりそうになかった。

「日曜日に、お互い侘《わび》しい買物とはね」

俺の声でふり返った栗原が、レタスをポンとひとつ放ってよこした。

「怪我、どうなんだ？」

「ひでえ顔してるかい？」

「大したこたあねえ。転んだガキってとこかな」

「似たようなもんだろうな」

栗原がぶらさげている籠には、人参《にんじん》と玉ネギが入っているだけだった。俺は、手に持っていたレタスをその中に放りこんだ。

「菜食主義だったのかよ、栗原さん」

「血がきれいになる。もう若くねえからな。血は濁《にご》ったままにしといちゃいけねえんだ」

「野菜じゃ、スタミナってやつがつかねえぜ」

「俺の買うもんに、ケチをつけるな」

「心配してんのさ」

栗原は、それ以上もうなにも買わなかった。別段日曜日に買物をしなくても、普通の日の午後にでも買えばいいのだ。

「缶詰《かんづめ》ばかりだな、おまえのは」

「まあね。食いたい時に食える。食いたくなけりゃ、いつまでも収《しま》っておける」

「生活の知恵ってやつだ」

「面倒なだけさ」

食いたいものを、選ぶような生活はしてこなかった。高校を卒業して高沢の店に勤めはじめてから、時々ステーキなどを食うようになっただけだ。それも、せいぜい月に一度あるかないかくらいだった。そしてまた二年間、出されるものだけを食う生活をしてきた。

「歩かねえか、坂井。ちょっと話してえことがあるんだ」

「俺はコーヒーがいいんだがな」

「贅沢《ぜいたく》言うんじゃねえ。まだ給料も貰ってねえじゃねえか」

「わかったよ」

ゼロ半を押して歩いた。日曜の午後は、結構人出が多かった。

煙草に火をつける。風が煙を吹き飛ばした。エンジンをかけて、突っ走りたいような気分になってきた。それでも、ゼロ半だとせいぜい五十キロだ。

狂《くる》ったものといえば、車だけだろう。千八百CCの国産車。買った時、すでにもう五万キロ走っていた。どう踏みこんでも、百六十キロがせいぜいだった。高速道路では、本気になった外車とは勝負にならなかった。ターボ付きの国産車にも、あっさり抜かれた。曲がりくねった山道を走る。コーナーを、ギリギリのハイスピードで抜ける。それで、先行車を抜くことができた。どんなにパワーのある車であろうと、コーナーのスピードには限界があるものだ。コーナーを抜ける速度は、腕で決まる。

いつも、ひとりで走っていた。速そうな車がいると、突っかかっていく。愉《たの》しみというのではなかった。なにかとやり合いたかった。山道のレース。危険が、肌をチクチクと刺《し》激《げき》した。

「きのうの夜、おまえは藤木や社長となんの話をした?」

「話ができるような状態じゃなかったな」

「みんな心配してんのによ。帰れときたもんだ。おまえが死んじまってんじゃねえか、と言ってる女の子もいたぜ」

「俺が眼を醒した時は、二人しかいなかったよ」

「納得できねえな、きのうのやり方は」

「社長は、栗原さんのことを心配したのさ。今度出ていきゃ、やられる。一度目は気合いで押し返せても、二度目はやつらだってその気で来るしよ」

「危《ヤバ》い時ってのは、てめえでわかるもんだ。俺も馬鹿じゃねえ。相手を見て物は言ってるさ」

「心配されて、怒ることもねえだろう」

「俺《おり》ゃ驚いたよ。松野もボーイどもも、腰抜けだな。おまえが六人にやられてるってのに、突っ立ってるだけで助けようともしやがらねえ」

「栗原さんだって、見てたんだろう」

「俺は言ったはずだ。おまえの腕を見せて貰おうと思ったのよ」

「それで」

「度胸だけだ。なんで外へ出ちまった。六人一緒に相手するとなりゃ、誰だってあんなもんだ。店の中でやりゃよかったのよ」

「狭いところは嫌いでよ。息が詰まってくるんだ」

裏通りに入ると、車はほとんど走っていなかった。人の姿もあまりない。

「話ってのは、それかい？」

「いや、南川商事のことさ」

「聞きたくねえな。反吐《へど》が出そうになる」

「あそこのバックに、佐々木《ささき》組がついてるって話だ。佐々木組と川中エンタープライズは、一年半前にいろいろあったらしくてな」

「佐々木組ってのは？」

「この街を仕切ってるとこさ。川中エンタープライズだけ、カスリも出そうとしねえらしい。それで南川に肩入れだ。南川の方も、酒場の数こそ揃《そろ》えちゃみたが、経営の方がいまひとつでな。両方とも、川中エンタープライズが目障《めざわ》りなんだ」

「関係ねえな」

「袋叩《ふくろだた》きにされたじゃねえかよ、おまえ」

「店で暴れてる客を外へ出した。それも仕事だって言われたから、そうしたまでだ」

唾《つば》を吐いた。なぜあんな目に遭《あ》わなければならなかったのか、いまでもよくわからない。腹は立てていなかった。それで、川中や藤木に接近することができたのだ。

「俺のとこに、南川から誘いが来てよ」

「へえっ、行くのかい？」

「いや。どっちがいいとは言えねえが、強引なやつは嫌いでな」

「じゃ、どうってことねえだろう」

「俺のとこに誘いが来た。おまえのとこもと思うのは当然だろう。ほかのやつらのとこにも、来てるかもしれねえ」

「行きたいやつは、行くさ」

「社長や藤木は、誘いのことを薄々気づいてんじゃねえかと思う。おまえがきのうやつらとやらされたのは、踏み絵よ。俺《おり》ゃ、そう思う」

「だったら、それでいいさ」

「おまえはな。俺も、いつ踏み絵を踏まされるかわかったもんじゃねえんだ」

「そん時ゃ、この間みてえに話《ナシ》つけりゃいいだろう。どんなやり方したのか知らねえが、金まで払わせたんだからよ」

「そこよ。俺ゃ金まで払わせた。ちょっと信じられねえことだろうが」

「そうだよな」

「ところがやっちまった。逆効果ってこたあ、世の中にあるもんだ。信じられねえことをやって、川中や藤木に信用される。そう狙ってやったと思われるかもしれねえ」

「つまり、この間のやつは芝居ってことか」

「そう見られかねねえって話さ。店のためだと思って金まで払わせたのにな」

「社長のとこへ行って、説明でもするんだな」

「なんて言やいいんだよ。芝居じゃありませんってのか。ますます疑われちまう」

「じゃ、いっそ南川商事に移ったらどうだ。誘うくらいだから、給料だっていまより出すって言ってんだろう。悪くねえぞ」

「考えて、そいつはやめにしたんだ」

「なんで？」

「やっぱり、いまの店は酒場だよ。ちゃんとした酒場だ」

「結局、俺になにを喋りてえんだよ？」

ようとした。

「なにも。ただ、喋ってみたかったってことだ」

広い通りに出た。話はこれくらいでいいだろう。そう思って、俺はバイクのむきを変えようとした。

「コーヒー、飲みてえって言ってたな。奢《おご》るぜ」

言って、栗原はにやりと笑った。

11 部屋

ボーイが二人と、女の子がひとり馘《くび》になった。理由は、なんとなくわかった。どこかで争いが激しくなっているにしろ、表面上はなんの変化もなかった。ほかの店からボーイがひとりやってきて手馴《てな》れた様子で働きはじめたし、女の子はひとり消えたぐらいではよくわからなかった。

松野は水割りだけ作っていた。ステアのカクテルを作るのも、いつの間にか俺の仕事になっていた。

「ちょっと残ってくれ、坂井」

閉店間際に、藤木がそう言った。俺はいつものように、グラスと灰皿を洗った。きれいに洗って乾《かわ》いたカクテルグラスを、麻の布で磨《みが》いていく。それが一番見事な艶《つや》が出ると、高沢に教えられていた。高沢の店のグラスは、いつもガラスではないもののように輝いていたものだ。

女の子たちが帰りはじめた。月曜だというのに店はひどく混んでいて、宵《よい》の口からずっと満席状態だった。

令子が、俺に流し眼をくれて帰っていった。俺はグラスを磨き続けた。栗原も、いつの間にか帰っていた。

店の中が、しんとした。

「行こうか」

藤木は、タキシードではなく、茶のツイードの上着に同系色のズボンを穿《は》いていた。そういう恰好をすれば、タキシードで隠されていたものが、かすかに覗く。

中原《なかはら》組という組織が東京にあった。そこの親分が撃ち殺されていた。殺《や》ったのは中原組の大幹部だった藤木で、当然あの世界の掟《おきて》に照らして処断《しょだん》されるはずだった。それを果たさないまま、中原組は潰れている。

それでも、藤木が生きているというのは、不思議なことだった。あの世界には、兄とか弟とかいう横の繋《つな》がりがあって、中原組が潰れても、どこかが結着をつけるはずだった。

藤木は、N市で堂々と酒場のマネージャーをやっている。

すべては、俺が刑務所にいる間のことだった。川中と藤木を殺せと俺に頼んだのは、関西にいる中原組の兄弟分のひとりだった。その兄弟分のところの下っ端を頼って、俺は大阪に行ったのだ。鉄砲玉《てっぽうだま》。あの世界ではそう呼ぶ。俺は、いつとは言わず、ただ二人を殺すことだけを引き受けた。

俺を鉄砲玉にするくらいだから、よほど人がいないということになるのだろう。それとも、次々に送った鉄砲玉が、すべて失敗したということか。

「バイクは、置いていけ」

店の錠《じょう》を降ろし、車にむかって歩きながら藤木が言った。店に誰もいなくて大丈夫なのだろうか、とふと思った。本気で毀《こわ》す気になれば、明け方襲ってくるだろう。

「心配はいらん」

俺の気持を見透したように、藤木が言った。

「両隣りの住人に依頼してある。おかしな気配があったら、すぐに警察へ通報が行くことになってるってわけだ。もっとも、店をぶっ毀すようになっちゃ、末期症状だがね」

「そうなんですか」

「社長は、毀したければ毀させろ、とおっしゃってる」

「今日、馘《くび》になった連中は、やっぱり南川商事の息がかかってたんですか?」

「そういうことだ」

「俺がぶん殴られることで、そこまでわかるのかな」

　栗原が誘いを受けたと言っていたことを、俺は思い出した。

「前から、おかしな様子の連中はいた。それはちゃんと見ているさ。おまえが殴られている時にどうするかというのは、最後のテストだったんだ」

　スカイラインは、港の方にむかって走りはじめた。途中で方向を変え、港を迂回《うかい》するようにして海沿いの道に入った。

「どこへ、行くんですか？」

「どこへ行きたい。どこが、おまえには都合がいいんだ」

　一瞬、意味を摑みかねた。藤木が、俺にちょっと眼をくれたようだ。送るための言葉にもとれる、と俺は考えた。別の意味にもとれる。

「また、俺をいけにえにしようってんじゃないでしょうね？」

「大袈裟《おおげさ》なことは言うな。本気でいけにえだったと思ってるのか」

「躰は、まだ痣《あざ》だらけですよ」

「カウンターの角にぶつかったって、痣くらいできるさ」

　住宅街だ。それも、結構洒落《しやれ》た家が並んでいる。その住宅街を抜けると、前方にマンションの明りが見えてきた。

　藤木は、スカイラインを玄関の脇に駐《と》めた。

「藤木です」

玄関の横のパネルのボタンを押し、藤木が言った。扉が自動的に開いた。高級なマンションだ。玄関ホールも、きれいに掃除がしてあって、背丈ほどの鉢植えが並べてある。そのむこうが、エレベーターだった。二基ある。

藤木は、最上階の八階のボタンを押した。

「マネージャーの部屋じゃないですよね」

藤木は答えなかった。匕首《ドス》を身につけていないことを、俺は後悔していた。

エレベーターが止まり、扉が開いた。

ドアの前で、玄関と同じことが繰り返された。ノブが回り、ドアが開いた。

顔を出したのは、松野だった。

促《うなが》されるまま、俺は藤木の後ろから部屋に入った。気を抜いてはいなかった。

玄関の正面のドアを開けると、広い部屋だった。場所からいって、窓は海に面しているのだろう。これくらいの高さがあれば、景色はたまらなくいいに違いない。

革張りのソファ、木造りのキャビネット、ふかふかの絨毯《じゅうたん》、窓のそばの揺《ゆ》り椅子。どんなやつがここで暮している のか。

松野は、テーブルにある雑誌をめくっていた。なぜこの男がいるのか。ちょっと考えたが、やめにした。藤木は、どこかに電話を入れている。俺は窓際に立ち、ガラスに顔を近づけて外を見ようとした。暗い。眼下に二つ三つ明りがあるだけで、そのさきは闇《やみ》だ。窓をちょっと開けてみた。驚くほど近くに、波の音が聞えた。

藤木も松野も、なにも言わなかった。電話はすぐに済んで、藤木は革張りのソファに腰を降ろしていた。俺も、藤木と並んで腰を降ろした。

「レコード、かなりあるな」

造りつけの本棚の下の段に、レコードがズラリと並べて立ててあった。リズム・アンド・ブルース、ソウル、そういうものが多いようだ。

身の危険は、感じなかった。人を殺すのが適当ではない場所。そういうところがあるものだ。

「よう、坂井」

グレーのバスローブで躰を包み、濡《ぬ》れた髪を拭《ぬぐ》いながら奥のドアを開けたのは、川中だった。大して驚きもしなかった。入った時から、ここが川中の部屋だと、かすかな予感のようなものがあったような気がした。

「顔の痣、まだ消えてないんだな」

「躰は、もっとひどいですよ。痛くはなくなってきましたけど」

「若いな。俺なら、二、三日寝こんだところだぜ」

川中は、ちょうど俺とむき合う位置に腰を降ろした。バスタオルで、さかんに頭を擦《こす》っている。ちょっと覗いて見える左の二の腕に、かなり大きな刃傷《はきず》があった。バスローブの裾《すそ》からむき出しになった脚にも、いくつか傷が見える。刑務所の風呂では、似たような傷をよく見かけた。

「一杯、やろうか」

川中が言うと、松野が黙って立ちあがった。奥のドアへ消え、しばらくしてグラスと氷をトレイに乗せて現われた。

ワイルド・ターキーが出された。それを注ぐ松野の手つきは、店とはまるで違うものだった。ショットグラスに酒が満ちたところで、ボトルをちょっと回して雫《しずく》が落ちないようにしている。

「たまげたな」

「松野は、腕のいいバーテンでね。その腕を買って雇ったんだが、いまは別の仕事をして貰ってる」

川中が、バスタオルを首に巻いた。

「君を引っ張りこむことに、藤木は反対だったんだがな」

「俺、なにに引っ張りこまれたんです？」

「いまにわかるさ。それより、一杯ひっかけてくれ。この二人は遠慮深くてな。俺が風呂に入ってる間は、いくら勧めても飲もうとしないんだ」

俺は、ショットグラスに手を伸ばした。ひと息で呷《あお》る。痺《しび》れるような感覚が、のどの奥から胃に降りていった。かすかな甘さを含んだ香りが、口に残っていた。強烈な酒だが、口当たりは悪くない。

「松野さん、芝居がうまいな。だけど、なんだって腕のないバーテンの真似《まね》してなくちゃなんないんです」

「楽だからな。おまえが、カクテルは全部引き受けてくれるし」

「俺のやり方、気に入らないとこがあったでしょう?」

「流儀《りゅうぎ》ってやつは、誰にでもある。立派なもんだよ」

　俺は、空のショットグラスに、自分でもう一杯注いだ。最後に、ボトルを回して雫を切る。最初に高沢に教えられたのが、これだった。雫を垂らしてはいけない。ボトルの口を拭《ぬぐ》ってもいけない。

「腕がいいってだけで、人間は鋭《するど》く見えたりするもんだ。逆も言える。ただいるだけのバーテンには、みんな気を許すからな。そうやって、松野には店の人間の様子を見て貰っていた。ひと月になるかな、もう」

「それくらいです」

　声まで店にいる時とは違って、低く沈んで聞えた。もう一杯、俺はワイルド・ターキーを呷《あお》った。次に手を出した藤木は、ちょっと口をつけただけだ。川中も松野も、まだ手を出していない。

道化《どうけ》だな」

「どいつに南川商事の息がかかっているか、松野さんが観察してたわけだ。俺は、とんだ

「南川商事など、どうでもいい。いまのところ表面に出ているというだけで、所詮《しょせん》はボンボンの甘い商売だ。そろそろ、バックが顔を見せはじめた」

「佐々木組ですか?」

「詳しいな。だが、佐々木組も、南川商事と同じようなもんさ。問題が起きるたびに警察に訴《うった》えりゃ、そのうち人はいなくなっちまう。細々と生きてるウジ虫ってとこだ」

「じゃ、どこなんです?」

「まだ特定はできん。ある予測を、俺が立てているだけでね」

川中が、ようやくグラスに手を伸ばした。粋《いき》な飲《や》り方だった。グラスを唇に当てて、手首を返すだけだ。頭はまったく動かない。それで、グラスの中身は口の中に吸いこまれていた。まるで、放りこんだとでもいうような感じだ。

「藤木は反対したが、俺は坂井に入って貰うことにした」

藤木は、なにも言わなかった。黙って、俺は次の言葉を待った。

「入れよ、坂井」

川中が、真直《まっす》ぐ俺を見つめてきた。俺は眼をそらした。こういう眼は苦手だ。高沢が俺を叱《しか》る時、同じような眼をしていたものだ。おまえは放っときゃ半端者《はんぱもん》だ。いつもそう言

われた。ひとつだけ、他人よりうまくできるようになれ。飯の炊《た》き方だって、酒の作り方だっていい。そうすりゃ、半端者もいつの間にかひとり前になってるもんだ。

ほかの酒場より、客は面倒な連中が多かった。酔っ払いと、通の客ばかりだったのだ。その上高沢の小言で、給料が格別いいというわけではなかった。暇な時は、水と石を入れたシェーカーで練習だった。練習は、部屋へ戻ってからもやるように言われた。

やめなかった。半端者で終りたくない。どこかで、そう思っていた。それでも、半端者のまま人を殺して、刑務所へ行く破目になった。

「俺と一緒に、やってみないか？」

「なにを、ですか？」

「わからん。土曜の夜みたいに、袋叩きにされたりするようなことだろうな。それ以上は、俺もわからんよ」

「いいですよ」

「ほう」

「どうせ、退屈なんだ」

「正直な答えだな。実のところ、俺も退屈なんだ。それから、多少の意地みたいなものを張ってみたい、という気分もある」

「大抵《たいてい》のことなら、できるはずです」

「頼もしいな、坊や」

「坊やって言うの、やめてくれませんか。俺が仲間に入る条件が、それです」

「わかった」

笑って、川中はグラスに手を伸ばした。すでに、松野が素早く注いでいる。

「藤木と松野のことは、そのうち少しずつわかってくる。どうにも、言葉じゃ説明しにくいほど、複雑な連中でね」

「社長のことは？」

「この間、話した。あれがすべてだ。いろんな人間を死なせた。それだけが人生だったたってのは、ちょっと淋《さび》しい気もするが」

「運送会社、やってたんでしょう？」

「この街のはじめはな。ダンプ一台を自分で転がしてた、流しの運転手さ。そんなことは、どうでもいいんだ。誰にだって、親父がいておふくろがいて、子供のころがあって、成長してってという話はある。それを聞いても、なにもわかりはせんよ」

「弟さんとか、好きだった女の人とかを死なせた。それでいいんですか？」

「すべてだね」

川中が笑った。明るい笑顔ではなかった。俺は煙草をくわえ、視線を窓の外の闇にやった。

「仕事は、いままで通りだ、坂井」

藤木が、はじめて口を利いた。黙って、俺は頷いた。

「沢田令子とあったな、おまえ」

松野だった。それにも、俺は頷いた。

「はしっこい男だな」

川中が笑った。今度の笑顔は明るかった。

「別れた方がいいんですか？」

「そのままでいい」

藤木も、すでに知っている様子だった。俺は煙草を消した。

「もっと親しくなってもいいぞ」

「どういう意味です？」

「沢田令子には、いろいろ問題があってね」

松野の口調は穏《おだ》やかだった。人を馬鹿にした連中だ、と俺は思った。不愉快《ふゆかい》ではなかった。馬鹿にされたのが俺ではなかったら、逆に頭に来たかもしれない。

「令子にゃ、南川商事の息がかかってる、と言いたいんでしょう？」

「どうして、そう思う？」

「暴れた連中のきっかけを作ったのは、二回とも令子だった。藤木さんがどういう人かってことも、知りたがっていたし、今日、馘《くび》になったメンバーの中に入ってないのが、不思議なくらいでしたよ」

「馘にしたのは、息のかかった連中だけさ。南川のところから小遣いを握らされたとかな。受け取った連中は馘にした。沢田令子は、息がかかってるわけじゃない。むこうの人間なんだよ」

「なるほどね」

「だから、もっと親密になれと、松野は言ってるんだぜ」

川中が、俺にむかって片眼をつぶってみせた。

「意味は、わかりましたよ」

「呑みこみが早いな」

「急に、そうなったんです。油断できない人ばかりだから」

「俺なんか、陽気で単純だと、よくいろんな女に言われるぜ」

「そうやって、女と遊ぶんですね」

笑い声をあげ、川中が腰をあげた。着替えるつもりらしい。

「仲間になった」

藤木が言った。

「俺が賛成じゃなかったことは、もう社長の口から聞いたな」

「やめてもいいですよ。どうしても反対なら」

「決まったんだ。忘れてくれ」

「わかりました」

藤木が、グラスに手を伸ばした。笑ってはいない。俺を見つめてもいない。懐に飛びこんだ。殺《や》るチャンスは、これからいくらでもある。俺はそう考えていた。

「行こうか」

川中が、セーター姿で出てきた。松野が、口をつけていなかったグラスに手を伸ばし、貪《むさぼ》るように飲んだ。

「一杯だけです。寒さしのぎってやつで」

「腕のいいバーテンだが」

川中が俺を見て笑いながら言った。

「この商売にはむかない欠点がひとつある。アル中なんだ」

12　ポルシェ

ポルシェの助手席に乗った。

松野は、藤木のスカイラインだ。ポルシェに乗るのは、はじめてだった。いつか乗ろう。

国産の中古車を転がしながら、よくそう思ったものだった。夢を見る権利は、誰にでもある。

発進した。急加速で、背中がシートに押しつけられた。車体は、路面に貼《は》りついたように安定している。三速で、すでに軽く百キロを超えていた。夜中の県道には、ほとんど車は走っていない。

「すげえや、こいつは」

「車、好きなのか？」

「はい」

「ゼロ半に乗ってると言わなかったかな」

「しかも中古です。二万八千円。自転車だって、もっと高いのがありますよ」

「買いたくても、買えないというわけか」

「いつか、買いますよ、俺」

「そうだ。俺も十年前に乗ってたのは、ダンプだった」

川中と藤木を殺せば、国産の新車ぐらいは買える。二人合わせて二百万。安く雇われたものだ、といまは思う。雇った方も、絶対になどという気はなかったのだろう。俺が殺して金を受け取りにいけば、びっくりするかもしれない。

「いい車だぜ、こいつは」

「ずっと、ポルシェですか？」

「いや、ＢＭＷ、ベンツと乗って、三台目がこれさ。外車じゃな」

「ちくしょう、いいな」

飛んでいる、という感じがするものだと思っていた。速い車はみんな、飛ぶようにして俺を抜いていった。実際にこうして乗っていると、路面に吸いついているという感じの方が強い。だから、なおさら走っているという感じがするのだ。

川中が、ギアを四速にシフトした。踏みこもうとする気配はない。すでに百三十キロは出ているだろう。後方には、スカイラインの影も見えなかった。

「五速に、入れないんですか？」

「これで充分だね。県道はカーブが多い」

「四速で踏みこんで百七十。五速で踏みこめば、軽く二百は超えちまうな」

「四速で踏みこんだことがあるがね、二百を超えちまいそうだったぜ。ターボが効いてくると、どういう走りをするか、俺にも見当はつかん」

「ターボ付きか、こいつ。どこまで出るんですか？」

「さあな。俺も、こいつを限界まで走らせたことはないんだ」

カーブ。シフトダウンもせず、百三十で曲がっていく。見事なものだった。またカーブだった。三速に落とした。コーナーに切りこんだ時から、すでにスロットルは開かれはじめている。出際の加速はすさまじかった。

十分ほど走っただけだ。

川中が速度を落とした。家もなにもない。台地のような場所だった。右側の空地の方へ、川中はポルシェを滑《すべ》りこませた。海のすぐそばだ。

「ここはうちの土地なんだ」

ドアを開けながら、川中が言った。俺の躰《からだ》には、まだ速度感が残っていた。

「半年ほど前に買った。いつか、リゾートふうのホテルを建てようと思ってる。いまは見えないがね、両側が半島で、湾《わん》のようになった静かな場所なんだ。遠浅じゃないのが欠点だが」

俺は煙草《たばこ》をくわえた。ホテルなど、どうでもいいことだった。ポルシェから降りたくない。無性に、運転してみたかった。

「坂井」

煙草をくわえた、川中が呼んだ。俺は、ようやく助手席のシートから躰を引き剝《は》がした。かすかな風。冷たい風なのかもしれないが、肌はあまり感じなかった。熱でかっと熱くなっているような気がする。

「県道のむこう側が、かなり広い土地になっていただろう」

「ええ。山と山の間って感じで、ずっと奥に拡《ひろ》がってました」

「坪数で十万以上ある平地だ。この辺じゃ、珍《めずら》しいよ。平らなとこには、大抵《たいてい》住宅地が拡がってきてるからな」

ようやく、スカイラインがやってきた。ヘッドライトで、ポルシェのワインレッドのボディカラーが、一瞬鮮やかに闇《やみ》に浮かびあがった。静脈から出る血の色。

スカイラインがエンジンを停《と》めると、周囲はまた闇になった。

懐中電灯の光が、近づいてくる。

「これが、そうですか」

藤木の声だった。

「道のむこう側の、かなり広い空地は？」

松野が、息遣《いきづか》いが聞えそうなほど近くに立っていた。俺は煙草をくわえて、自分の位置を三人に教えた。この闇では、ぶつかってしまいかねない。

「問題の土地があれさ。まだ、買い手はわからん。いろいろと、トンネル会社を使ってるようなんだ」

「しかし、売られてるんですね」

「確実だろう」

「遊園地でも造る気かな」

「メリットがない。人の多い街じゃないし、もっと東京よりに大規模なやつがある」

「工場だとしたら」

藤木の声だった。

「可能性は一番強い。どういう工場かってのが、ここで問題になるんだ」

「なるほど」

藤木が、海の方を見たようだった。もう懐中電灯は消されている。眼が闇に馴《な》れはじめていた。煙草を喫《す》うと、チリチリと音がして燃えた。

「このさきは、浜だとおっしゃってましたよね」

「そうだが、遠浅じゃないんだ。二十メートルもいくとリーフのようなものがあって、そこからはぐっと深くなっているよ」

「どれくらいです？」

「さあ。三十くらいかな。夏に潜《もぐ》ったやつの話じゃ、五十はあるというんだがね。もともと周囲は岩場だし、考えられないことはないな。ただし、五十というのは一番深いところだろう」

「工場と海ですか」

「なにが建つのかは、いずれはっきりするさ。これだけ広大な土地の用途《ようと》は、市でも気にしているだろうしな」

俺は煙草を捨て、踏《ふ》み潰《つぶ》した。地面の赤い点が消えた。

「行こうか。ここでなにが建つのか考えてみても、はじまらん」

それぞれ、車に戻った。

「坂井、運転してみるか」

「いいんですか」

俺は唾《つば》を飲みこんだ。

「この先、二十キロばかりのところに、ヨットハーバーがある。県道を真直《まっす》ぐ走りゃいいんだ。カーブは多いがな」

「慎重《しんちょう》に、運転しますから」

「構わんよ。五速まで引っ張って、思いきり踏みこんでみろ」

乗りこんだ。

まずクラッチを踏み、シフトの位置を確認した。ローから五速、リバースまで入れてみる。その間に、スカイラインは走りはじめていた。

エンジンをかける。底力のあるエンジン音だった。ウインカーとホーンの位置。確かめてから、ハンドブレーキを降ろした。少しだけ回転をあげ、ゆっくりとクラッチを繋《つな》いだ。動きはじめた。二速。県道に出た。スカイラインのテイルランプを、俺は追った。

車体が路面に貼りついている。三速。百を越えた。

「あそこにどんな工場が建つにしろ、問題になるのは輸送手段だ。原料を入れ、製品を出さなきゃならん」

エンジンが吠《ほ》えていた。ステアリングの感触が、道路そのものの感触として掌《てのひら》に感じられてくる。四速。百四十。まだ、充分に余力を残している。

「トラックで運ぶにしても、N港からの距離がありすぎる。道路だってそれほどよくはないしな」

カーブ。右。右手を、ステアリングの上にかけた。スロットルを、しばらく閉じる。かすかな減速感があった。切りこんだ。スロットルを開く。対向車線を一杯に使って、できるだけ小さな角度で曲がった。踏みこむ。コーナーの抜け際、すでに百四十に近くなっていた。すぐに左のカーブ。前方に光がないことを確かめ、対向車線の方から切りこんでいった。

「しかし、有効な輸送手段というのは、ほかにもあるもんさ。あの土地に立てば、誰だってそう考えるだろう」

スカイラインのテイルランプが、ぐんぐん近づいてきた。パッシング。スカイラインは、ちょっと左に車体を寄せた。抜いた時、百六十は超えていた。五速。やはり飛ばない。路面にタイヤが吸いついている。ステアリングを通して、はっきりそれを感じた。

「船さ。一回の輸送量は、トラックと比べものにならん。あの海なら、十万トンの船でも接岸できる岸壁《がんぺき》を造れる」

ほぼ直線だった。喘《あえ》ぐような音が聞える。エンジンか。いや、俺の喘ぎだ。掌に汗をかいていたが、拭《ふ》くこともできなかった。踏みこむ。しかし、半分も踏みこんでいない。百八十。スロットルから足を離した。四速。中ぶかしを入れ、回転数を合わせて叩《たた》きこんだ。エンジンブレーキが効いてくる。百三十。右へのカーブだった。

「問題になるのは、俺の土地さ。六千坪ばかりあるが、岸壁を造れそうな浜辺は全部入っている。ヨットハーバーを造るつもりだったんでね。海底の状態や暗礁の調査をしてから買ったんだ。あれを、俺に吐き出させたいんだ。今度の騒ぎは、どうもそこへ繋がっているような気がしてな」

前方に、明りが見えてきた。ヨットハーバーのようだ。四速で走らせた。呆気《あっけ》ないほど早く、明りは近づいてくる。

「売れという誘いはあったが、断ってきた。キナ臭かったんだ」

百に落とした。ひどくノロノロ走っているような気分になった。

「買い取るには、俺が売らなけりゃならん状態を作るしかない。酒場の方はうまくいってるしな。ところが、南川商事だ。うまくぶっつけて、俺がかなりダメージを受ければ、土地を売るしかなくなるだろう」

八十。七十。三速に落とした。小気味がいいほど、エンジンブレーキがかかった。フットブレーキを踏む。

ヨットハーバーの入口で、ポルシェは停まった。

「いまのところ、俺に見えてるのは南川商事の後ろにいる影だけだな」

「すごいですね」

「なにが？」

「この車です。しかも、車が走っていくという感じはしない。俺が走らせてる。そういう感じなんです」

掌の汗を、俺はジーンズに擦《こす》りつけて拭《ぬぐ》った。

塀のそばに寄せ、エンジンを切った。スカイラインは、まだやってこない。

「コーナーじゃ、送りハンドルをやるね。どこで習った？」

「習ったわけじゃありません。腕が水平な方が、とっさの時に早く対応できますから」

「正解さ。教習所じゃ、送りハンドルは駄目と教えるらしいがね」

「いくらですか？」

「車か？　一千万ちょっとだ」

「ちくしょう、いいな」

「気がむいたら、乗り回しても構わんぞ」

「やめときます。俺、こいつに乗っかってどこかへ逃げちまいそうですよ」

「車は、所詮《しょせん》車だ。人生を賭《か》けようなんて思わんことだな」

「なにに賭けたって、同じじゃないですか。別に車に賭けようとも思わないけど、人間なんて、大抵馬鹿《たいていばか》なことに賭けるんですよ」

「年寄り臭いぜ、坂井」

「刑務所で一緒だった、詐欺師《さぎし》の爺《じい》さんが言ってたことです」

川中が笑った。俺は、もう一度掌をジーンズに擦りつけた。

ようやく、スカイラインがやってきた。

「運転は、社長ですか？」

藤木が降りてきて言った。

「いや、坂井さ」

「だろうと思いました。うまいが、相当な無茶をやりますね」

「大して危険は感じなかったぜ。本人はひどく緊張してて、俺の話なんか聞いてなかったみたいだが」

「耳に残ってますよ」

入口の門を、川中がキーを使って開けた。俺はポルシェに飛びこみ、門の中に滑りこませた。

13 雲

それほど大きくはないが、性能のよさそうなクルーザーだった。

藤木が舫《もや》いを解くと、ゆっくりと後退して岸壁を離れはじめる。

栈橋《さんばし》のそばでむきを変え、グンとスピードをあげて前進しはじめた。動かしているのは川中だ。栈橋を抜け、防波堤《ぼうはてい》の横を通りすぎると、急にうねりが船体を持ちあげはじめた。

前方は闇だ。

「沖へ、真直ぐ八マイル突っ走る。それからちょっと流そう。そのうち、夜も明けてくるだろう」

俺の躰《からだ》の中には、ポルシェの疾走感《しっそうかん》がまだ濃く残っていた。クルーザーは、あまりに遅く感じられる。

「全速《フル》だぞ。藤木、暗礁《あんしょう》を抜けるまで前に立っててくれ」

藤木が、舳先《へさき》へ行った。

俺は甲板《かんぱん》に足を投げ出し、キャビンの壁に寄りかかっていた。

「レーサーにでもなるつもりかね？」

松野がそばへ腰を降ろした。

「なりたい、と思ったことはありますよ」

「度胸がよすぎるやつらは、大抵長生きしてないぜ。臆病《おくびょう》なやつが、生き残って勝つんだよ」

「どうも、そうらしい。それでバーテンになったんです」

「しかし、飛ばしたもんだ」

「夢中ですよ。ポルシェなんかを転がせる機会は、次にいつあるかわからないし」

「いい車だったろう」

「松野さん、車は？」

「社長が言わなかったかな」

アル中が、車を転がすわけもなかった。

どしんと、波が船腹《せんぷく》を打った。どれくらいのスピードで走っているのか、まったくわからなかった。闇。どこまでも続いている。

「右、十度。暗礁」

藤木が舳先で言った。船が、ちょっとむきを変えたようだった。この闇で、どうやって暗礁を見つけているのかわからない。

藤木が戻ってきた。

「なにか、見えるんですか？」

「よく、暗礁がわかりますね」

「後ろのヨットハーバーと、右の道路の明り。それでわかる。このあたりの暗礁は、あそこだけなんだ」

「これは、社長の船ですか？」

「そうだ」

「すげえや。ポルシェにクルーザーとはね。俺にゃポルシェだけでも充分すぎます」

風が強くなった。甲板の上は寒い。藤木が這《は》うようにしてキャビンに入り、ウインドブレイカーを着こんで出てきた。

「代ります」

川中にそう言っている。

「どうかな、今朝は」

川中が、這って近づいてきた。沖へ行くにしたがって、風はいっそう冷たくなった。

「坊主の方に、俺は賭けますよ」

「なぜ」

「無茶なガキを連れてきちまった。魚だってびっくりするでしょうからね」

「そう無茶でもないさ。助手席にいると、よくわかる」

「後ろで見ていたら、コーナリングがひどく荒っぽかったですよ」

「いいのさ、あれで。大事に乗るだけが車じゃない。腕は相当のもんだ。ただ、速い車にあまり乗り馴れてない。クラッチワークをちょっと怕《こわ》がってた」

「すみません」

「いいさ。あれは、ただの馴れだからな」

闇。どこまでも終りはないように見える。舳先が波を切る音、エンジン音、風の唸《うな》り、そしてボソボソとした話し声。

「どこへ行くんですか、この船？」

「わからんね」

川中の声だった。

「とにかく、八マイル沖まで出る。それからさきは、波まかせってやつだ」

「なにをするんです？」

「釣りさ」

「釣り？」

「おかしいかな」

川中が、煙草に火をつけた。デュポンが、いつの間にかジッポに代っていることに俺は気づいた。

釣りというのが、なにか別の意味があるのではないかと、俺は一瞬考えた。暗号のようにして使われているのなら、わかりようがない。

「社長が潮を見てて、適当な時に出かけるんだよ。今日がそうさ」

「しかし、こんな時に」

「もう一年近く続いてる。三か月前に、俺は寒ブリのすごいやつをあげたぜ。社長は、カジキマグロをあげたこともある。細い竿《さお》と細いテグスだったから、あげるまでに二時間以上もかかったがね」

「しかし、釣りなんて」

「坂井。肩肘《かたひじ》張ってるのだけが、男じゃないぜ。松野も藤木も、はじめは迷惑そうな顔をしてたもんさ。それがいまじゃ、潮が悪い時にも出ようなんて言い出す。なにか考える。決まったことじゃないが、とにかく考える。女をどうして落とそうとか、次にはもっとでかい船を買おうとか。そんな時間ってやつは、必要なんだ」

「わかりませんね。俺にゃ、考える時間だけはありすぎました」

「わかるさ。あと十年もすりゃな」

川中が喫《す》っている煙草の火が、赤い虫のように闇の中で揺《ゆ》れ動いた。

船の揺れ方が、ちょっと変化してきた。潮とか波とか、いろいろあるのだろう。

「眠たけりゃ、キャビンに入ってろ。ベッドと毛布はあるぜ」

川中は、甲板にいるつもりのようだった。俺は、這ってキャビンに潜りこんだ。外に洩《も》れないほどの、小さな明りがある。それで、ベッドの位置はわかった。

揺り起こされた。

藤木だった。俺はキャビンから這い出した。船は、トロトロと走っているようだ。運転席にいるのは、松野だった。川中は、俺がキャビンに潜りこんだ時と同じ恰好《かっこう》で、甲板に足を投げ出していた。

「そろそろ、夜が明ける。君のぶんの仕掛けもひとつ用意しておいた」

俺は頷《うなず》いた。頷いてから、見えはしないだろうと思った。まだ闇で、夜の明ける気配はどこにもない。

凪は、弱くなっていた。うねりはかなりあって、船体が持ちあげられては沈みこんでいく。俺は、散々苦労して煙草に火をつけた。

「眠ってたのか？」

「うとうとしてました。ポルシェの夢を見ましたよ」

「船に弱いのかと思ったが、そうでもなさそうだな」

「子供のころは、バスに酔ったもんです。遠足なんかじゃ必ずね」

親父《おやじ》が生きていた。おふくろも、まだ男を作っていなかった。俺はひとり息子で、舐《な》めるように可愛《かわい》がられていたものだ。親父が死んだのが、小学四年の時だった。なにが起きたのか、よくわからなかった。親父が死んだことはわかっていたが、次の日になると親父が帰ってくるのを待ったりしていたのだ。

俺が中学に入った時、おふくろが男を作った。俺は黙っていた。おふくろに頼んだことといえば、近所の空手道場に通わせてくれということだけだった。高校になると、学校にクラブがあった。中学生の時から毎日練習していた俺は、上級生と稽古《けいこ》をしても負けなかった。

「夜が明けるな」

川中が言った。まだ、どこも闇だった。馴れれば、なにかで夜明けの気配を感じるのかもしれない。

五分も経《た》っただろうか。闇を裂《さ》くように、真横に直線が走った。光。水平線が、ぼんやりと明るんでいる。海と空の境界がはっきりしてくると、いつの間にか周囲は明るくなっていた。

川中と藤木が、船尾《せんび》に釣竿《つりざお》を四本立てた。船は、トロトロと朝日にむかって走っている。海が静かになる時間なのか、うねりもそれほどなかった。

一時間ほど、そうやって走り続けた。すっかり陽《ひ》が昇り、海面がキラキラと光を照り返していた。釣竿には、なんの反応もない。

親父が釣りに連れていってくれた。海ではなく、池だった。釣っていたのは、鮒《ふな》だったのだろうか。退屈でたまらなかったという、おぼろな記憶がある。

親父が釣りを好きだったのかどうか、よくわからない。夏休みに、俺を連れて遊びに行っただけかもしれない。釣った魚を持ち帰り、おふくろの前に並べた。あの時のおふくろの顔を思い出そうとするのだが、どうしても浮かんでこない。

刑務所に、おふくろは一度面会に来ただけだった。高校を卒業すると、俺は家を出ていた。あの時会ったのが、四年ぶりということになる。やくざ者になって。そう言って、おふくろは泣いただけだった。裁判にも来なかったし、その後面会に来たこともなかった。いまは、どこに住んでいるのかさえ知らなかった。

刑務所では、いつも退屈していた。酒を作ることと、運転と空手しか知らなかったのだ。作業に出て木工の仕事をさせられたが、好きにはなれなかった。高沢のような教え方をしてくれる男がいなかったのだ。

「来た」

川中が言った。右端の竿だった。すぐにはあげようとしない。川中の隣りが藤木、そして松野、俺。竿はそういう順番で並んでいた。川中の竿だけ、糸がくり出されていく。

ようやく、川中が竿を抱えた。リール。竿をぐっと立て、倒した時にその緩《ゆる》みを巻きとっては、またぐっと立てる。そばに引き寄せるまでに、五、六分かかった。

「スズキですね」

藤木が、たも網《あみ》を突き出しながら言った。魚は、ひょいと持ちあげられて甲板《かんぱん》に落ち、元気よく跳ねた。

また、しばらく待った。風が、少しずつ強くなってきたようだ。運転席に川中が坐《すわ》り、松野が降りてきた。

松野の竿に、二度鯵《あじ》がかかった。小物だな、と松野は苦笑した。藤木の竿の引きは大きかった。なぜ藤木が舌打ちをしたのか、魚を見てわかった。蛇《へび》のような姿をしたやつがくらいついていた。

三時間ほどそうやっていても、俺の竿にはなんの反応もなかった。次第に真剣になってくる。竿さきを見つめながら、待った。

「釣りは？」

松野が声をかけてきたが、そちらをむくのも面倒だった。竿から眼《め》が離れることになる。

「はじめてですよ」

「ビギナーズ・ラックてのは、あるものなんだがな」

腹が減っていた。きのうの夕方から、なにも食っていないことになる。

十時近くになると、うねりもかなり大きくなった。雲が出、太陽は完全に隠れてしまっている。これほど違うのかと思うほど、海の色も濃くなった。

「戻るか、そろそろ」

運転席から、川中が言った。

「待ってくださいよ」

俺は言っていた。竿が動いていないのは、俺だけだ。

「もう無理だぜ、坂井。それにしても、退屈してるんだとばかり思ってたがな」

松野が、自分の竿のリールを巻きながら言った。待ってくださいよ。俺は、もう一度川中に言った。

「戻る時も流しておけ」

藤木が言った。藤木が川中のぶんの竿まで収めたので、船尾に立っているのは俺の竿一本になった。

俺は竿のそばに腰を降ろした。今日だけじゃないぞ。川中が声をかけてきた。運転席には藤木が坐っている。

川中に勧められた煙草を一本とって、火をつけようとしている時だった。竿に大きな反応があった。俺は竿に飛びついた。竿を握りしめた掌に、はっきりと生きたものの動きが伝わってきた。

重い。まずそう思った。その重いものが暴れ回れば、竿が折れてしまう。あるいは糸が切れるかもしれない。

それで闘《たたか》うしかなかった。ここで竿を代えるわけにもいかない。しばらく、立てた竿をじっと支えていた。十分くらいのものか。それから、竿を倒してはテグスが緩んだところを巻き、また竿を立てた。なにも考えなかった。竿が折れるかもしれない、ということも考えなかったし、どんな魚がかかっているのか、ということも考えなかった。ただ巻いた。

「マグロだぞ、おい」

松野が藤木に言っていた。

マグロなのだ。なんとなく思った。近づいてきた気配は、掌に濃厚《のうこう》にある。

「竿を立ててろよ、坂井」

藤木の声だった。魚は、船腹のところまで来ているらしい。棒のさきにフックがついたものを、藤木が突き出した。

ふっと、竿が軽くなった。

「こいつは、俺たちがやられたな。しかし、ここでマグロとはね」

「メジだな、これは」

俺は、竿を甲板に置いた。

「メジってのは？」

「クロマグロの、小さいやつのことさ」

「これで、小さいんですか」

甲板に放《ほう》り出されたマグロは、一メートル近くあるようだった。ビギナーズ・ラックってのは、やっぱりあるみたいだな。松野が呟《つぶや》いていた。

「藤木、パラシュートを入れろ」

運転席から、川中が言った。藤木が、キャンバスを張った凧《たこ》のようなものを、海に放りこんだ。それには細いロープがついていて、流されたのかピンと張った。

エンジンが停まった。おろすぞ、と運転席を離れた川中が言う。三人の動きを、俺はぼんやりと見ていた。

甲板が血だらけになった。内臓は海に捨てられた。それはまだ生きていて、ヒクヒクと動いているように見えた。

「どうだ、気分は？」

川中がそばへ来て言った。俺は、かすかに頷いてみせた。ほんとうは、大声で叫びたいような気分だった。

「ポルシェを転がしたのと、どっちがいい」

「両方とも、いいですよ」

「言ってくれるよ」

三人が笑った。俺は、ようやく自分を取り戻してきた。藤木が、海水を甲板に流した。血が、洗い流されていく。松野は、庖丁《ほうちょう》を握っていた。

「はじめて大物をあげた時は、俺も妙《みよう》な気分になったもんだよ」

「元に戻ってきましたよ」

「釣りってのは、やはり粘《ねば》らなきゃ駄目だな。みんな竿を収めてから、おまえのに食らいついてきたんだからな」

川中に、はじめておまえと呼ばれたことに、俺は気づいた。悪い気分ではなかった。殺すことを請《う》け負った。頼んだやつが、万一うまく行けばという程度の気持だったにしろ、俺は仕事として請け負った。いずれ、やることになるだろう。

相手も確かめずに殺しを請け負ったことを、後悔してはいなかった。退屈だったとしか言い様がない。人を殺すことなど、それが自分と無縁《むえん》の人間だったら、大したことでもないのだ。二年の間、道徳的な反省をしたことはなかった。失敗した。エラーをした野球選手のように、そう思っていた。

「パラシュートって、なんですか？」

船尾《せんび》から海中に伸びているロープに眼をやって、俺は訊《き》いた。

「パラシュート・アンカー。シー・アンカーとも言うがね。そいつを流しておくと、船のむきはいつも安定している。釣りの時はよく使うし、海が荒れた時も使う」

松野が、鮮やかな庖丁捌《ほうちょうさば》きで、切り身を刺身にしはじめた。大皿に一杯の刺身が、すぐにできあがった。

ワイルド・ターキーが出された。ブリキのカップで、それを飲んだ。松野は、いらないと言った。松野に関しては一杯だけという取り決めがあるらしく、いっそ飲まない方が楽なのだと呟《つぶや》いていた。

刺身は、すぐに減ってきた。川中が釣りあげたスズキも刺身にしてあって、取り合わせはちょうどよかった。

「いけるな、こいつ」

川中が嬉《うれ》しそうに言った。夢中で食っていた俺は、はじめて甲板の光景に眼をやった。妙なものだ。エンジンを停めて波に身を任せている船の上で、四人の男が黙々《もくもく》と大皿に箸《はし》を突っこんでいる。

紙の皿の醬油《しょうゆ》には、マグロの脂《あぶら》がテラテラと浮いていた。それが、またいっそうマグロをうまそうに見せている。

刺身以外には、なにもなかった。腹が減っているのだ、と自分に言い聞かせた。それほど、俺はよく食っていた。

ワイルド・ターキーを胃に流しこんだ。すると、胃はまた刺身を欲しがりはじめる。大皿には、まだ残っている。最初に箸を置いたのが藤木で、それから川中だった。俺と松野は、結局皿に残った最後のひと切れまで平らげてしまった。

呆気《あっけ》ないほど簡単に、ターキーのボトルは空っぽになった。

「出そうか」

川中が言った。藤木が、パラシュート・アンカーのロープを手繰《たぐ》る。

「俺が運転席に坐《すわ》りましょう。酔っ払い運転にならないのは、俺だけだ」

松野が立ちあがった。エンジンの震動《しんどう》が、かすかに伝わってきた。

「船の作業、早いとこ覚えるんだな。操縦もだ。でなけりゃ、いつまで経《た》っても甲板洗いをさせられるぞ」

川中が笑った。船は、波を切りはじめていた。空を仰いだ。雲が走っていた。煙草をくわえ、雲にむかって煙を吹きあげたが、風に吹き飛ばされただけだった。

14　借り

ホステスが五人辞めていた。

代りに四人が入っていた。露骨《ろこつ》な引き抜きと、それに対応する補充《ほじゅう》。店の雰囲気そのものに、大した変化はない。

「おまえも誘ってくれと頼まれた」

水曜日。店の帰りに、栗原にそう言われた。

「栗原さん、誘いに乗ることにしたのか？」

「気を持たせてやってる。面白いように金を積みあげてきやがるぜ。南川商事は、なにがなんでも、川中エンタープライズを潰す気でいるらしいや」

「俺は、行く気はねえよ」

「わかってる。だけど狙《ねら》われるさ。腕がいいのはわかってるし、松野だけじゃ駄目だってことも、むこうは読んでるだろう」

「俺には、直接なにも言ってこねえよ」

「いろいろあった。短い期間にな。言い出しにくいってことはあるだろう」

「だいぶ、むこうに傾《かたむ》いたような言い草じゃねえか」

「いいポストを用意するってよ。つまり、店ひとつ任せられると考えてもいい」

「栗原さん、転んだね」

「いや、金を吊《つ》りあげてるだけさ。どこまであげてきやがるか、それが愉《たの》しみでね」

「で？」

「いくらと言われたって、意味があることじゃねえ。川中エンタープライズが潰れりゃ、安い給料でコキ使われることは眼に見えてら。ほかに働くとこはねえんだからな」

「両方がある間に、できるだけ稼ぐのが利口ってわけかい」

「そう考えるのが、人間ってもんさ」

「興味ねえな。第一、面白くねえ」

「だろうな。車をあんなふうに運転するやつは、金じゃ転ばねえだろう」

「車って？」

「俺を最初に乗せてくれたBMW《ベンベー》よ。ゼロ半なんてもんは、車じゃねえぞ」

おでん屋に誘われた。

「妙な野郎だな、おまえは」

「自分でも、まともと思っちゃいねえさ」

「半端者《はんぱもん》ってわけでもねえ。仕事はきちんとできるしな。なに考えてんのか、それがわからねえんだ」

なにも、考えてはいなかった。出所《で》てきた時から、ただ気まぐれに動いてきただけだ。仕事は、それが仕事だからきちんとやった。殺しを請《う》け負ったことも、請け負ったことだからきちんとやる。

生きているというのは、そういうことだろう。五年後、十年後のことを考えるのは、俺の気性に合っていない。

「突っ走りやがる。前へ、前へってな。ぶっ倒れたところで、起きあがる力はあるみてえだし、若《わけ》えってのはいいもんだと思うぜ」

栗原は、大根だけをチビチビと口にしていた。

「栗原さん、家族は？」

「知らねえ」

「知らねえってことは、いるけど付き合いがねえってことかい？」

「面白くねえことを言う野郎だ。おまえは、どうなんでえ？」

「いねえよ」

「そいつが一番さ。おまえみたいな野郎にゃな」

なにか知っているのか、一瞬考えた。大根を突っついている姿は、五十九の男には見えない。六十五をとうに過ぎているような感じだ。

「タキシードが、どこで似合うようになったのかな、栗原さんは」

「舐《な》めた口、利くじゃねえか。この歳《とし》になりゃ、いろんな衣装が似合うようになってるもんさ」

バーテンの赤いベストとボータイ。俺に似合う衣装は、それだけだった。別の衣装が似合うようになるとは、ちょっと考えられない。

俺は、コップに残った日本酒を呷《あお》った。

「帰るのか？」

「若いんだ。夜中に、爺さんと付き合っていたかねえさ」

「てめえだって、いつか爺さんになる。若いやつに、同じことを言われるだろうさ」

「いやじゃねえよ、あんたと付き合うの。ただね、いつまでも一緒にいたかねえってことさ」

「帰れよ。勝手にするさ」

言葉を、そのままの意味にとった。年寄りの気持の底を考えるほど、やさしくはない。言葉というやつは、そのままに受け取っていればいいのだ。そのうち、お互いに喋《しゃべ》る言葉というやつはできてくる。

店を出て、バイクのエンジンをかけた。

一階の明りを、つけておいた。

ドアの錠《じょう》は下ろしていないので、誰でも入ってくることはできる。看板は出していない。通りがかりの客が入ってくることはないだろう。

きのうの夜も、明りはつけておいた。誘われて入ってきたのは、令子だった。もっとも、令子なら明りが消えていても入ってきたかもしれない。

ベッドに寝そべっていた。川中も藤木も松野も、仲間ではない。むこうが勝手に仲間扱《あつか》いをはじめただけだ。

口笛を吹いた。手持無沙汰《てもちぶさた》の時、よくこれをやって看守に怒鳴られた。だから、ほとんど音が出ないような口笛の吹き方を覚えた。音は、自分の耳の中にだけある。その癖《くせ》が、出所《で》てきてからも治らなかった。

波の音。これから暖かくなっていくと、窓を開け放つことが多くなるだろう。考えてから、馬鹿げたことだと気づいた。暖かくなるころ、ここが俺のねぐらであるわけがなかった。

流れ歩くのは、性に合っている。思いこんでいた。実際は、四年高沢の店にいたし、二年刑務所にいた。流れ歩いたことなど、ありはしないのだ。家族を欲しいとは思わない。女は、その場で間に合えばいい。流れ歩くのは、やはり自分に合ったやり方だと思えてくる。

エンジン音が聞えてきた。

俺はベッドから上体を起こし、ジーンズの後ろに匕首《ドス》を差した。

階段の上で待っていた。ポルシェのエンジン音を、聞き間違えることはもうない。遠くからでも、どれくらいのスピードで走っているか、わかるような気がした。停まった。サイドブレーキの音まで、聞えそうな気がした。扉を押す音を聞いてから、俺は階段を降りていった。

「よう、坂井。遅くに悪いな」

「別に。どうせ、掃除かなんかで時間を潰してんですから」

狙った獲物が、やはり明りに食いついてきた。

なにも訊《き》かず、俺はジン・トニックを二杯作った。氷も、ぶっかきをスーパーで買ってきてある。冷蔵庫の中には、缶詰とセロリがあるだけだった。俺はセロリを洗い、そのまま出した。川中には、そういうやり方が似合いそうな気がする。

「まるで、俺専用の店って感じだな」

「それにしちゃ、ジンしか置いてありませんがね」

「それも、いいもんさ」

川中が、ジンに手を伸ばした。俺は、スノースタイルを作る時のように、小皿に食塩を入れて川中の前に置いた。

川中が、無造作にセロリを摑《つか》んで齧《かじ》りはじめた。いい音がした。やはり、この男にはこれが合っている。

川中がジン・トニックを空けた。俺も同じようにした。お互いに、煙草を一本ずつ喫《す》った。申し合わせたような感じだった。

「二杯目は、貰《もら》えんのかね？」

「出せねえんですよ」

「二杯目を頼んで馬鹿といわれるのは、シェリーだけかと思ってた」

俺は、背中に手を回して、匕首《ドス》を握った。そのまま、鞘《さや》ごとカウンターに出す。

「殺さなきゃなんねえんですよ、川中さんを」

「ほう」

「冗談じゃないんです」

「冗談とは思ってないよ」

「こいつで、やります。川中さん、なにか持ってますか？」

「いや」

「じゃ、これはここに置いときます。外へ出て、やり合って、俺が勝ったら、こいつを使うことにします」

「なぜ？」

「頼まれたんですよ」

「そうじゃない。なぜ、はじめからこいつを使わんのだ？」

「五分と五分じゃねえからな」

「後悔するぜ」

「嫌いなんですよ。やり合うのは、いつだって五分でなけりゃな」

川中が笑っていた。かっと頭に血が昇ってくるのを、俺はなんとか抑《おさ》えた。

「君の標的には、藤木も入っているのか？」

「入ってる。二人まとめて頼まれた」

「ふうん」

川中が考えるような表情をした。中原組の問題だけだったら、川中を殺す必要はない。

それは、頼まれた時からわかっていた。川中も含めてと言われたのは、なにか別の事情があるからだろう。深くは考えていなかった。

「いくら、貰うことになってる？」

「金は問題じゃねえ」

「じゃ、なぜだ？　刑務所を出たばかりじゃなかったのか」

「退屈だった。この仕事を受けた時はな。この街へ来て、こんなに面白くなるとは思ってなかったんでね」

「わかるな」

「なにが？」

「自分を持て余してるのさ。人殺しである自分をな」

「かもしれねえ。確かなのは、人を殺すぐらい大したことじゃねえと思ってることさ」

「自分が死ぬこともな。いつだって死ぬのは構わんと思ってる。俺がそうだった」

「あんたは立派さ。それに俺は嫌いじゃない」

「藤木は、危険だと言ったよ。一歩間違えば、手段を選ばん殺し屋になりかねないとな」

気づかれていた。はじめから、俺がなにをしにこの街へやってきたか、わかっていた。

それでも、仲間に入れた。

「俺は、君がこういう手段でくるだろうとは思っていた。俺を狙っているのか藤木を狙っているのか、そこのところがよくわからなかっただけだ」

「二人さ」

「中原組の線だけじゃなさそうだな」

「どうでもいい。金も理由も、どうでもよかった。新しく、就職口を見つけたような気分だっただけでね」

「ジン・トニック」

「酒は、もうやめにしましょうや」

「ジン・トニック」

もう一度言って、川中が笑った。じっと俺の眼を見つめてくる。

「俺は、終ってからジン・トニックを飲《や》ろうと思ってる」

言われて、また頭に血が昇りそうになった。ジン・トニックを飲《や》りたいが、俺は作れない状態になっている。だからいま作らせておくのだ。そういう意味が、川中の視線にはこめられているようだった。

俺は、黙ってジン・トニックを作った。

「君のぶんもさ」

「俺は、ジンのストレートにしますよ。最初の一杯は付き合っただけでね」

ショットグラスに、ジンを注《つ》いだ。それから、カウンターを潜《くぐ》った。

「外へ」

「藤木より、なんで俺の方を先に選んだ？」

「つまんねえことですよ」

「俺の方に、隙《すき》が多かったか？」

「いや。ただ、あんたの方が好きだった」

俺は、扉を押して外へ出た。川中は黙ってついてきた。

店の明りが、かすかに外に洩《も》れていた。五台駐車できるスペースがあって、ワインレッドのポルシェが、その端でうずくまっている。

「ルール、ありませんからね」

俺は、駐車場に敷いた砂利を蹴《け》った。川中は、避けもしなかった。

足が宙を蹴った。川中の顔があるはずだったのに、腰のひねりで一瞬視線を動かした時には、消えていた。肘《ひじ》、右の拳《こぶし》。拳が、ようやく川中の腹を捉《とら》えた。でかい躰が、横に動いた。それに合わせるように、俺も躰のむきを変えた。顔面に、一発飛んできた。重いパンチだ。

構え直す、という恰好《かっこう》になった。お互いに、まだ息ひとつ乱れてはいない。顎《あご》を引いた川中の顔の中で、眼だけが白く光った。

息を吸った。川中の姿勢が低くなっていた。俺はとっさに膝《ひざ》を突きあげた。躰が交錯《こうさく》した。かかってきた体重の圧力に耐えられず、俺は倒れた。立ちあがったのは、同時だった。足。俺の方が速かった。下腹で受けた川中が、姿勢を崩した。二発、続けざまに決めた。尻《しり》から落ちた川中が、頭から突っこんできた。バネのような膝だ。スピードが、俺の予測をはるかに上回っている。頭で弾《はじ》き飛ばされていた。追ってきた足を、転げ回ることでかろうじてかわした。

立った。息が苦しい。口は開かなかった。鼻から二度吸い、大きく一度吐く。それを二度くり返した。川中が、いきなり足を払ってきた。後ろに飛んで、俺はかわした。次にパンチ。肩に当たった。躰がもつれ合いそうになるのを、俺は横に跳《と》んでかわした。体重で圧力をかけ合うのは不利だ。離れていた方がいい。肘、拳、膝と続けて飛ばした。前かがみになった川中の顔に、膝を突きあげた。眉間《みけん》。そこには当たらなかった。練習中、間違って膝をそこに入れた時、相手は白眼《しろめ》をむいて棒のように倒れたものだ。

それでも、川中にダメージはあったようだ。一瞬、棒立ちになった。足を横に薙《な》いだ。首筋。川中のでかい躰がふっ飛んだ。倒れた川中に、膝を打ちつけようとした。かわされた。俺の膝は、砂利の中にめりこんだ。

またむかい合った。息があがっている。口を閉じていることはできなかった。肩の上下。それがはっきりとわかる。

踏み出した。川中の動きは鈍かった。正面からの蹴り。腰を回転させた肘。二発とも、鮮やかに入った。川中の口から、血反吐《ちへど》が噴き出してきた。さらに三発、続けざまに決めた。それでも、川中は立っている。タフな男だ。急所。狙っていた。ほんのちょっと、ずれているようだ。拳を、足を、突き出した瞬間に、川中の躰がちょっと動く。ずれているのではなく、かわしている。すでに、急所をかわす動きしかできないのだろう。左。こめかみの急所を狙った。耳の後ろに当たった。右。眉間《みけん》の急所。浅い。さらに左。同じ眉間だが、俺は一歩踏み出していた。眉間。入った。そう思ったが、いくらか上にかわされたのかもしれない。川中は、喘《あえ》ぐように肩で息をしていた。もう一発。それが入れば、仕止めることができる。

構えた。俺の方も、完全に息はあがってきている。ここで、渾身《こんしん》の一発を出せるかどうか。じりっ、と距離を詰めた。川中は動かない。いや、動けないのだ。普通のやつなら、とうに大の字になってのびている。

もう一度、距離を詰めた。腹、顔。かわした川中が、ちょっと足をもつれさせた。チャンス。躰が動いていた。眉間への拳。俺の勝ちだ。しかし川中は、俺の拳を潜《くぐ》るようにして前へ出てきていた。頭で弾かれた。ふっ飛んでいきそうになった。川中の腕が、腰に巻きついている。それで支えられたようなものだった。がっちりと、腰を固定された。躰が浮きあがっている。川中の叫び声。すごい突進《ダッシュ》だった。そこまで、俺はまだ戦法を考える余裕があった。躰が宙に浮いたまま飛んでいく。背中が、壁にぶつかった。一瞬、呼吸ができなくなった。二度、三度と、俺の背中は壁に叩きつけられた。バリッと、なにかが折れるような音がした。川中の躰が離れた。そう見えた。視界が暗くなった。はっと気づいた時、俺は壁を背に坐《すわ》りこんでいた。靴。腹の真中だった。背骨にまで、ずしりと響いた。二度、三度とそれがきた。

川中が、坐りこんでいた。俺は、眼を開けるのが精一杯だった。

「久しぶりだった」

喘ぎの入り混じった声で、川中が言った。俺は眼を閉じた。川中が喋っているのに、なにもできない。つまりは、負けたということなのだ。

「やるじゃないか、おまえ」

ゆっくりと、川中が腰をあげた。俺は立てなかった。やっぱり、負けた。

「もっとやわかと思ってた。やられるんじゃないかという気がしたぜ」

負けた。もう一度思った。屈辱《くつじょく》はなかった。やるだけはやった。それで負ければ、相手が強かったというだけのことだ。

「立てよ、坂井」

言われなくても、立ちたかった。下半身が痺《しび》れたようで動かないのだ。

「くたばるにゃ、まだ早いぞ」

腕を動かしてみた。大丈夫だ。上体を起こした。立ちあがろうとして、這《は》いつくばった。

川中が、店の中に入っていった。匕首《ドス》を持ってくるつもりなのか。

ゆっくりと、立った。ボートの上に立っているような気分だ。もう一度這いつくばり、胃の中のものを吐いた。立つと、冷や汗が出てきた。川中は店から出てこない。扉までの数歩が、地平線のさきよりも遠いような気がした。

寄りかかるようにして、扉を押した。

川中は、グラスを片手に持ち、カウンターに凭《もた》れるようにして立っていた。匕首《ドス》が眼に入った。俺が置いた時のままだ。刃《は》を見てみたい。ふとそう思った。刃になら、いまの俺の顔が映るだろう。負けた顔。

「そいつは、使わないのか？」

「使えねえ」

ようやく言えた。

「負けたんだ。使えねえよ」

俺は、床に坐りこんだ。川中が、やけに背が高く見えた。

「好きなようにしてくれよ」

「どうしろってんだ？」

「あんたが決めることさ。殺すとか、警察に突き出すとか」

「負けりゃ、殺されても仕方がないと思ってたのか？」

「当たり前だろう。勝ったら、あんたの命は貰うつもりだったんだから」

「やっぱり、殺し屋にはむかん男だな」

「はじめの相手が、悪すぎた」

「しかし、腹のくくり方は、なかなかなもんだぜ」

「はやく、決めてくれ」

眼を閉じた。どこか、暗く深いところへ引きこまれていきそうだった。眠りに落ちようとしたのか。俺はちょっと頭を振った。

「藤木に渡してくれてもいい。いま、思いついた。あの男なら、眉《まゆ》も動かさずに俺を殺しちまうさ」

「かもしれんな」

「文句は言わねえよ。あんたの手で必ず殺せなんて言わねえ」

「死にたがって死ねるなら、人生なんて楽なもんさ。藤木も、前は死にたがってたもんだ。それが、ああやって生きてる。いろんなものをしょいこんでな」

「どうでもいいさ」

「よくはないな。俺が勝ったんだ。言うことぐらいは聞けよ」

「説教されてから、殺されなきゃなんねえのかい？」

「預けて貰うぜ」

「命。おまえのさ。これは、貸してやつだ。必ず返さなきゃならん」

「勝手にしてくれ」

「頭によく叩きこんでおけ。俺に命をひとつ借りてるってな」

川中が笑った。

殺す気はない。それがわかると、不意に肚《はら》の力が抜けてきた。歯が合わなくなり、カチカチと鳴った。

「いま、おまえがやることは、俺にもう一杯ジン・トニックを作ることだ。薄目《うすめ》にしろ。殴り合いのあとの酒ってやつは、ひどくこたえる」

カウンターまで這い、スツールにしがみついてなんとか立ちあがった。

「久しぶりだ」

「そうですか」

言った声が、ふるえていた。俺はカウンターに潜《もぐ》りこんだ。

「薄目の、ジン・トニックですね」

ようやく、ふるえが止まった。ジンの瓶を捜した。カウンターの上にあったのに、見つけるのにちょっと時間がかかった。

15　情交

　ずっとベッドに横たわっていたが、気分は悪いままだった。

　夕方になっても、ベッドから這い出そうという気になれない。タフな男だった。手強《てごわ》いのはわかっていたが、負けるとは思っていなかった。

　もし勝っていたとして、俺は川中を殺すことができただろうか。負けたのだ。勝った時のことを考えるのは、馬鹿げていた。

　眠った。

　眼醒《めざ》めた時、十二時を回っていた。無断欠勤。そういうことになるのだろうか。高沢は、休むことを許そうとしなかった。熱があったって、必ず出てこい。くしゃみしながら客に出すものは作らせねえ。物置の掃除でもして貰うさ。

　熱など出さなかった。四年の間に、三度高沢の方が風邪をひいた。高沢は店に出てきて、自分で物置の整理をやった。

　高沢が、昔結婚していた女が、一度だけ店に来たことがある。ちょっと色っぽい、四十すぎの女だった。はじめ、俺は昔の女房だと気づかなかった。高沢も、なにも言おうとしなかった。女が酔っ払いはじめた。水割り四杯で、眼が据ってきたのだ。

この人、あたしの亭主だったの。女の方が言った。一度よ。一度だけ。それも酔っ払ってたのに、浮気を許してくれないの。

高沢は無表情だった。女は看板まで粘《ねば》っていて、最後には俺が担ぐようにしてタクシーに乗せた。戻ってきても、高沢はなにも言わなかった。いいんですか、と言った俺に、冷たい視線をむけてきただけだ。

波の音。夜にはいっそうはっきり聞えてくる。生きている。そう思った。改めてそんなことを考える自分が、不思議でもあった。

車が近づいてきた。ポルシェではなかった。聞くともなく、俺はそれを聞いていた。

店の前で停まった。ノック。声。令子だ。

階段をあがってくる気配があった。

「どうして店サボったのよ、直」

暗い。俺の顔は見えはしないのだろう。

「帰れよ」

「なに言ってんの。人が心配して見にきたっていうのに」

「心配されることは、なにもねえよ」

「だって、社長から電話よ。行ってやれって。あたし、冷や汗が出てきちゃった」

「社長から？」

「そう。あたしのことなんか知りはしないだろうと思ってたのに」

「社長が行けと言ったのか」

眼を閉じた。どこかで、川中に吸いこまれていきそうな気分になった。いやだ。そう思っても、負けたのだ。

「ほかに、社長はなにか言ったか」

「それだけ。はい、はいって返事してるうちに、電話切れちゃったわ」

「よせ」

明りがつけられた。眩《まぶ》しさで俺は眼を閉じたが、令子が息を呑《の》む気配はよくわかった。

「また、南川商事？」

「またってのは？」

「この間の、南川商事だって噂《うわさ》だわ」

一瞬口籠《くちご》もった令子が、そう言った。

「やっぱり、南川商事なのね。直は恨《うら》まれてるんだ」

「明り、消せよ」

ようやく、俺は眼を開くことができた。店に出たままの恰好なのか、令子は赤いドレスを着ていた。そういう恰好の方が、品がなく見える。

「帰ってくれ」

「なに言ってるの。この間持ってきた薬、どうしちゃったの？」

「捨てた」

「うそ。しまっておくと言ってたわ」

「とにかく、明りを消して帰れ。でなけりゃ引き摺《ず》り出すぞ」

「怒ってるの？」

「なにを？」

「あたしのこと、気がついてるんでしょう？」

「知らねえな。なんの話だ？」

令子が、ベッドの縁《ふち》に腰を降ろした。スプリングがかすかに上下して、俺の躰を揺らした。

令子が、煙草をくわえた。煙が、今夜はうるさかった。それを言う気にもなれない。

「自分でも、変だと思うもの」

「だから、なにがだ」

令子が、煙を吐き続けた。俺は、令子の横顔に眼をやっていた。赤いドレスは、やはり似合わない。セーターでも着ていた方が、この女らしかった。

「気がついてる。絶対そう思う」

灰皿で煙草を揉《も》み消しながら、令子が言った。スプリングのかすかな揺れが、躰の痛みを呼び戻すようだった。

「あたしが最初に雇われてたの、南川商事よ。あそこの歌手になるはずだったの。それがいまの店。歌手を捜してるって話だった。歌手で雇ってくれと頼んだんだけど、藤木さんに駄目だと言われたわ」

「なんで、そんな話をはじめるんだい？」

「喋《しゃべ》りたかった。ずっとね。南川っていうの、いやなやつだから」

「南川に、『ブラディ・ドール』の歌手をやれって言われたんだな？」

「藤木さんが、ホステスならいいと言ったわ。断ったようなものね。きっとなにか感じたんだ。それでもいいって、あたし言ったわ」

「わかったよ」

「わかってない。ほんとに歌手をやりたかった。郷里に戻ってきて、ホステスじゃね。それでも、南川は許そうとしなかったの」

「弱味、摑まれてんのか？」

「お金を借りてるだけ。二百万。どうしてもいるお金だったの」

「躰で、払ったんだろう？」

「評価してくれなかったわ。せいぜい十万がいいとこだって」

　令子が笑い、また煙草をくわえた。

「代りに、車貸してくれた。勝手に乗り回せって。前の女と別れる時に、取りあげた車なの」

「馬鹿な女だ」

「はじめから『ブラディ・ドール』に勤めりゃよかった。それだったら、歌手として雇って貰えたような気がする」

「藤木さん、詳しいこと知らねえんだろう？」

「でも、なにか感じたと思う。いろいろ言い含められて、面接を受けに行ったんだから。ホステスでもいいからこの店で働きたいなんてことも言ったし」

令子のことが、すでに割れてしまってるということを、俺は黙っていた。南川商事のことだけでなく、俺との関係も割れている。だから川中が電話をしてきたのだということに、令子はまだ気づかないようだ。

「うたわせてくれることになったのは、藤木さんがそう言ったから。もしかしたら好意を持たれてるんじゃないかと思ったけど、全然違ったみたい」

「藤木さんに、ちょっかい出したのか？」

「飲みに連れてってと言ったくらい。聞えてるはずなのに、返事もしなかった。それで、あたしどんどん惨《みじ》めになったわ。馬鹿みたいだと自分が思えてきて」

「藤木さんが、好きなのか？」

「藤木さんと寝ろって言われた。その前は、社長と寝ろって言われたんだけど、社長には会うこともできなかったし。藤木さんも駄目で、それからは、騒ぎを起こすきっかけを作れって言われた」

「二度とも、おまえがついた席で起きてるもんな」

「それから、不満を持ってるボーイや女の子を調べるの。月曜に馘《くび》になった人たち、みんなあたしが教えた人たちよ。ほかにも、教えた人いるんだけど」

「誰だ？」

「松野さん。でも、あの人馘にならなかったみたいね」

南川は、自分の女を『ブラディ・ドール』に潜りこませた。それが令子だとしたら、南川の程度も知れようというものだ。こちら側では、令子の正体を先刻承知だったということになる。

「南川商事に勤めたこと、おまえあるのか？」

「直接、店には出なかった。『ブラディ・ドール』に入る前に、ひと月ばかり熱海《あたみ》のホテルで歌手をしてたわ。その時、南川とできたの。といっても、好きだったわけじゃない。南川があたしと寝たいと言って、あたしは因果を含められて。泣いてみせたりしたけど、どうってことなかった。前にも同じようなことがなかったわけじゃないし」

令子が、煙を天井に吹きあげた。悪い女ではなかった。バタ臭いが、男好きのするところはある。軽いジャズなどをうたっていると、洗練されたという感じもしてくる。

煙草が欲しくなり、俺は令子の口もとに手を伸ばした。新しい煙草に火をつけ、令子は俺の唇に押しこんできた。

煙が肺に入っていく。冷えた、刺激的な液体が胸に流れこんできたような気がした。うまくはなかった。煙を吐き出したあとも、いつまでも肺に残っているような気分だった。

もう一服喫《す》ったが、その感じは消えなかった。メンソールだからだろう、と俺は思った。

「消してくれ」

「おいしくない?」

「喫いたくなくなっただけさ」

ピンクのマニキュアが、俺の口もとに伸びてきて煙草をとった。

「俺に、なんだってこんな話をした?」

「喋りたかったからって、言ったでしょう」

令子が髪をかきあげ、耳の後ろにやった。そうすると、ちょっと幼く見えた。

「別に、俺に喋ることもねえだろう」

「相手は、誰だってよかった。喋ってすっきりしたかったのよ」

俺は上体を起こした。躰の芯《しん》にこたえる殴り合いだった。川中は、平気で仕事をしているのだろうか。

「この間より、ひどいみたい」

「どうってことねえや。骨も折れちゃいねえんだ」

「じっとしてて」

シャツにかかってきた令子の手を、俺は払いのけた。

「あたしが、南川の女だから怒ってるのね」

「馴々《なれなれ》しいのが、好きじゃねえんだ」

「直とのこと、南川に言わされた」

「それで？」

「つまんないバーテンなんかと寝るなって言ったわ」

「その方が、利口だってことは確かだ。南川にゃ金もあるし」

「直がいい」

「南川に、金返せって言われたら、どうするんだ？」

「わかんない。ないものはないんだから」

「会ったことねえが、平気で女を売り飛ばしちまうような男に思えるな」

「殺されなきゃ、どうだっていいわ」

令子の肩に手を伸ばした。駄目よ、と令子が言った。力を入れた。躰が痛い。

「南川に、なにか報告すんのか？」

「みんな言ってやるわ。怪我《けが》だらけの直と寝たって。好きだから、また寝たって」

令子の体重が胸にかかってきた。全身の筋肉が、バリバリと音をたてているようだった。引き寄せ、唇を合わせた。令子の躰が、かすかにふるえた。

「南川に言ってやれ。俺に抱かれたってな。俺の方がずっといいって」

令子が頷《うなず》いた。俺は、躰の痛みを押しのけるように、令子の躰を押しのけた。立ちあがり、窓を開ける。

「やっぱり、あたしのこと怒ってる」

「馬鹿言え。波の音を聞きながらやりたくなっただけさ」

「変ってるんだ、直」

令子が、俺の首に抱きついてきた。思わず呻《うめ》きが出た。

「痛いの？」

「大丈夫だ。こんなの躰を動かしてるうちに治っちまうもんだ」

俺はベッドに這いあがった。

16　逮捕

晴れた日だった。

三月にはめずらしく、空気が澄《す》み渡っている。駿河湾《するが》が、半島に挟《はさ》まれていることもよくわかった。

俺は、カウンターのスツールをひとつ外に出して、日なたに腰かけた。陽を浴びてじっとしているというのも、いいものだ。

土曜日の午後だった。県道を行き交う車はいつになく多い。磯《いそ》遊びには早すぎる季節だから、海でも眺めにいくつもりなのか。

藤木のスカイラインが飛びこんできたのは、三時を回ったころだ。

「どうしたってんですか？」

藤木は答えなかった。じっと俺を見据《みす》えてくる。圧倒《あっとう》してくるような眼の光だった。

「一杯、やりますか？」

「いや」

「いつもと違いますね」

「だろうな。面倒が起きた」

「南川商事？」

「相手がどこかはわからん。弁護士の手配はもう済ませてきたんだが」

「宇野さんが一枚嚙《か》んでるな」

藤木は黙っていた。俺は、冷蔵庫の中からトマトジュースを出した。

藤木が煙草をくわえる。

「沢田令子と、きのう会ったか？」

「微妙だな。答えにくいですよ」

「なにが、微妙なんだ？」

「きのうとは、どういう意味なんですか。三月十五日の午前零時《れいじ》から、二十四時までってことですか？」

「おかしな言い方はするな」

「はっきり言うと、三月十五日の午前三時ごろまで、令子は俺のところにいました。俺の感じとしては、おとといの夜だけど」

「きのうの夜は、いなかったんだな？」

俺は頷いた。言葉に、切迫《せっぱく》した響きが感じられた。めずらしいことだ。いつもは、表情が変らないように、声の響きも変らない。

「社長が、さっき逮捕された。一時半ごろだったかな」

「どういうことですか？」

「殺し。容疑はな。うまく嵌《は》められたんだと思う。死んだのは、沢田令子だ」

「令子が」

「詳しいことはわからんが、大筋は社長が令子を殺したってことさ」

藤木が、かいつまんで説明をはじめた。

川中は、十一時ごろ会社に出てきて、正午すぎまで書類に眼を通していた。それから社員二人と出前の昼食をし、一時に退社した。警察は、川中のマンションの入口で待っていた。

「車は、ポルシェじゃなかった。会社のサニーだ。ポルシェは、窓ガラスを叩き割られて、いま修理工場に入ってる。やられたのは、きのうの夕方だった」

「めずらしく、きのうは社長は店に出てこなかったですね」

「おまえと同じだ」

「どういう意味ですか？」

「寝こんでいた。気分が悪いってな。おまえの方が、若い分だけ回復が早いみたいだな。寝こんだことをおまえに言うな、と釘《くぎ》を刺されたがね」

「寝こもうがどうしようが、負けたのは俺です。寝こんだって話は、ほっとしますね。あの人も、人間なんだ」

頭の中には、令子のことがあった。殺されなきゃ、どうなったっていい。そう言っていた言葉が浮かんでくる。

「車のトランクから、沢田令子の屍体《したい》が発見された。それを運転してきた社長は、やっぱりそうですかってことじゃ済まんな」

「ポルシェの窓を叩き割ったのも、社長にサニーを運転させるためか」

「内部に、やっぱり誰かいるな。ポルシェの整備をする時、社長はいつもあのサニーを転がしてた。知ってる人間は、そんなにいないが」

「これで、南川商事の攻勢《こうせい》はまた激しくなるだろうな」

「そんなことは、どうでもいい。社長をどうやって早く出すかが問題だ」

「待ちましょう。もうちょっと状況がはっきりしないと、手の打ちようがない」

「松野も同じ意見だ。もうすぐ、ここへ来ると思う」

藤木が、トマトジュースに手を伸ばした。音楽でもあれば。なんとなく思った。波の音では、気は紛《まぎ》れない。むしろ、気持がどこかへ集中していく。

「おまえを雇ったのは、中原組にいた連中なのか？」

「言えませんよ。雇主が誰かと言うのは、仁義にはずれることでしょう。負けたのは俺だから、どうにでも責任はとります」

「まともに殴り合うなんてのは、プロのやることじゃない。不意討ちみたいな恰好で襲ってくる、と俺は思ってた。だから、社長に近づけるのは気がすすまなかったんだ」

「まともにやり合って勝たなきゃ、面白くもないと思ったんですよ。殺しだけだったら、肚《はら》さえ決めりゃなんとかなる。方法はいくらでもありますしね」

「退屈か、やはり。社長は、おまえが退屈しないようにしてやれと言ってたよ」

「自分で、退屈だと思いこんでました。出所《で》てから、なにやりゃいいのか、わからなかったんでね。退屈だってのは、なにかやりたいってことだから」

「俺も、やるつもりだったんだろう。なぜ社長をさきに狙った。俺は、何度かおまえが襲いやすい状況を作ってやったが」

「社長が好きだった。藤木さんよりね。申し訳ないですが」

「当たり前な話だ」

藤木が、にやりと笑った。俺は煙草に火をつけた。波の音。県道の車。

「それに、好きな方をさきに襲うというのも、なんとなくわかるな。次々に殺しをやっていくのを、見られたくないんだろう」

「次々ったって、社長と藤木さんだけですよ」

「だから、俺をさきにやろうとしなかったってことさ」

俺もトマトジュースを呷《あお》った。躰の痛みは、もうほとんど消えかかっている。殴り合いの痛みなど、こんなものだ。

一時間ほど、待った。

タクシーが停まり、松野が降りてきた。

「痴話喧嘩《ちわげんか》の果てってことになってる。つまり社長は沢田令子とできてて、ほかの男と寝たのを責めた。責めすぎたってわけだ」

「出られる見通しは？」

「いまのところ、ないよ。今朝の五時か六時。死亡推定時間はそうなってる。その時間の社長のアリバイがないんでね」

「つまんねえ手を使いやがったもんだ」

「おい、坂井。暢気《のんき》に構えちゃいられないぞ。沢田令子が寝た男ってことになりゃ、いやでもおまえが浮かびあがってくる。おまけに、おまえは社長と派手な殴り合いをやったしな。そこまでわかってて、仕組んできてるとしか思えないんだ。警察が乗るだけの信憑性《しんぴょうせい》も、ないわけじゃなかったんだぞ」

それも、読めていた。しかし、令子が南川の女だったということも、あまり手間をかけずに証明できるかもしれない。

「二百万借りてるし、車もあてがわれてる。住んでるとこだって、多分そうだな」

「なんの話だ、坂井？」

「令子は、南川の女ですよ」

「なるほどな。その関係を証明するのは、社長と沢田令子の関係を証明するより、ずっと簡単だってわけか」

「なにしろ、事実ってやつだから」

「それ、やってくれるか」

言って、松野は藤木の方を見た。

「俺もやろう。こういうことは、二人いた方がいい。松野は、弁護士と相談して動いてくれないか」

「まあ、俺の役どころだな」

四時半を回ろうとしていた。

「店は？」

「バーテンの心配することじゃない。それに土曜日だ」

「俺を、街のはずれまで乗せていってくれ。あとは、おふたりさんに任せるよ。南川の件はな」

言って、松野がスツールを降りた。


シティホテルで松野を降ろした。

俺たちは、そのまま地下の喫茶室へ行った。藤木は電話を二本し、席に戻ってきた。

「南川は、きのうから熱海でゴルフだそうだ。アリバイってやつは、しっかりしてるみたいだな」

「熱海で殺されて運ばれたってことも、充分考えられますよ」

「しっかりと作ったアリバイってやつだろう。崩そうとするだけ無駄だ」

俺はコーヒーに手を伸ばした。藤木が腰をあげる気配はない。待った。十分ほど、藤木はなにも言わず考えていた。

若い男が、喫茶室の入口に姿を現わした。俺を手で制し、藤木が立っていった。

ほんの五、六分で、藤木ひとりが戻ってきた。腰は降ろさず、伝票を摑《つか》んで立ちあがった。

「南川の居所を、警察が確認してきたらしい。とっくに刑事が行って、訊問《じんもん》は終っているだろう」

あの若い男は、川中エンタープライズが南川商事に潜りこませているというわけなのか。お互いに、やることはやっているのだろう。

俺は、令子のことを考えていた。藤木に聞かされた直後は、馬鹿な女だとしか思わなかった。馬鹿さ加減が、かわいそうになってきた。殺されることはない女だ。まるで、人形が捨てられたようなものだった。

「坂井」

交差点の信号で停まって、藤木が言った。

「沢田令子に、惚《ほ》れていたのか？」

「惚れたって、まさか」

「まさか、と思い続けてる。死んじまってから、気がついて、胸がつぶれるような思いに襲われる。俺にも経験があるよ」

胸がつぶれるなどという言葉は、藤木にはまったく似合わなかった。まるで、女子高校生だ。

「おかしいか？」

「意外だっただけです」

「男というのは、同じだよ。二十歳《はたち》でも四十でも、女に惚れれば同じだ」

「俺は、令子に惚れちゃいません。あいつが抱かれにきた。だから、抱いてやった。馬鹿な女だとは思いますがね」

「まあ、いいさ。気がついた時に、慌てて自分を見失わないことだ」

車は、国道を熱海方面にむかっている。

17　血の染み

来宮《きのみや》の山の斜面《しやめん》にある、別荘ふうの旅館だった。

八時。樹間から見える窓には、まだ明りがある。繁華街《はんかがい》のにぎやかさとは遠く、周囲もひっそりとしていた。

広い庭だ。時折、池で魚の跳ねる水音がする。春には、乗っこみといって、卵を産むたった。


めに鮒《ふな》は池の中を暴れ回る。なんの関係もなく、親父《おやじ》にそう教えられたことを思い出した。ただ暴れるのではなく、雄《おす》が雌《めす》を追いかけ回すのだ。

もう春なのだろうか。夜気は肌寒いような感じがするが、シャツとジャンパーで充分だ
「女といるそうだ、南川は」

「部屋、わかってるんですか？」

「旅館の造りを見てみろ。離れがあるだろう。上客は大抵あそこだ」

「静かですね」

「夜が更《ふ》けると、多分もっと静かになる。このあたりは、半分が別荘だ」

庭を散歩する人間などいなかった。木造平屋なので、植込みのかげにひそんでいるところを、上から見られることもない。

藤木は、身を隠すでもなく、ただ木立の中に立っていた。俺のように、どこからか見られてることを気にしている方が、かえって目立つのかもしれない。

「殺される理由もない人間が死んでいくのは、いやなもんだ」

令子のことを言っているのだろう、と俺は思った。

「また生きるのか。鏡にむかってそんなことを言ったこともあるよ」

藤木の喋《しゃべ》り方《かた》は、囚人《しゅうじん》同士が秘密の話をやる時のそれだった。人声が、渡り廊下をすぎ

ていった。藤木は、それを気にしたようでもなかった。

「藤木さん、社長とはどういう付き合いしてきたんですか？」

「なぜ？」

「二人まとめて殺せと言われた。俺を雇ったのは、つまんねえ男でしたがね」

「まとめてか」

「五人まとめてと言われても、俺は引き受けちまったでしょうね」

「死にたいか？」

「考えたこと、ないですね。好きなことやれる。出所《で》てきた時、そう思っただけです。なにが好きかも、わからなかったけど」

「死にたがってたのさ」

「まさか」

「若いからな。躰《からだ》は生きたがってる。気持だけが死にたがってたんだ」

「俺の、命ですよ」

「だから、いくらでも粗末《そまつ》にできる」

人を殺したことを、後悔すらしなかった。出所したら、好きなことをして暮そうと二年間考えていた。

「やめませんか、こんな話。俺は考えこむのが性に合った男じゃないんでね」

「俺も、そうだったよ。また生きるのか。そう思うたびに、考える時間が少しずつ長くなってきたもんだ」

「いまは？」

「やめたね、考えることを。社長も、そうだろう」

「あの人は、明るい人だからな」

「闊達《かったつ》な人だったんだと思う。いまもそれは残ってるさ。残ってるだけだ」

藤木が黙りこんだ。俺も、それ以上なにも喋らなかった。なにを喋ったところで、川中に対する借りは返せそうもなかった。それが、いま俺を憂鬱《ゆううつ》にしている。

自分が令子に惚《ほ》れていたのかどうか、よくわからなかった。惚れるなどということとは、縁がないのだと思ってきた。

女に惚れたことはある。二十歳《はたち》のころ、恋人と呼んでもいい女がいた。ほかの男と寝やがった。そう思った。それだけで、ほとんど毎日が耐えられなくなった。このままでは押《お》し潰《つぶ》されてしまう。そういう恐怖で、女と別れた。泣いている女を見て、ほんとうは俺以外の男とは寝ていないのだ、となんとなく理解できた。それでも、心は動かなかった。

「藤木さん、独身ですよね？」

「ああ」

「家族は？　つまり、親父さんとかおふくろさんとか、兄弟とか」

「おまえの履歴書には、家族はなしと書いてあった。それについて、俺はなにも質問はしなかった」

「すんません」

「つらいもんだよな」

なにがつらいのか、藤木は言わなかった。俺も、訊《き》かなかった。

十時に近づいたころ、建物はしんと静まり返った。

藤木が、無造作に芝生に踏み出した。建物の方からの見通しはいい。俺は慌てて藤木の後に続いた。

「コソコソしないことだ。悪いことをしているような気分になってくる」

藤木にとっての悪いことがなんであるのか、俺にはわからなかった。コソコソすることが、そうなのかもしれない。確かに、藤木はコソコソしていなかった。ほんとうなら、海外に逃げていても不思議はない。それが堂々と、地方の街で酒場のマネージャーだ。

「踏みこむんですか?」

「そのために、待ったんじゃないのか?」

「令子の男だったってことを、南川に吐かせりゃいいんですね?」

「大した意味はないかもしれんな。おまえも令子の男だったわけだし」

「しかし、社長が」

「いずれ、出られるさ。松野がうまくやると思う。南川が令子の男だったってことがわかっても、情勢が変るわけじゃない」

「じゃ、なにを吐かせるんです」

「やつの顔を見てからだ。そんなもんさ。はじめから、決めてかからない方がいい」

離れが近づいてきた。藤木はまったく歩調を変えなかった。

俺は、藤木と二歩ばかり距離をとった。用心というやつだ。藤木が、踏み石の上を歩きはじめた。靴音がやけに響く。俺は、石と石の間の芝生を踏んで歩いた。

「帳場《ちょうば》の者だと声をかけろ。おまえの例の馬鹿丁寧《ばかていねい》な口調でな」

立ち止まって藤木が囁《ささや》いた。俺は頷《うなず》いた。入口のチャイムを、藤木が押した。

「帳場の者でございます」

しばらくして、俺は声をあげた。短い、女の返事があった。入口の、ガラスの引き戸が開けられた。藤木がどう動いたのか、俺にはよくわからなかった。

女を抱えるようにして、入口の内側に藤木は立っていた。とっさに俺も飛びこみ、引き戸を閉めた。女の躰を俺に押しつけて、藤木が部屋にあがっていく。

小さな女だった。抱きかかえても、大した重さではない。部屋に入っていった時、藤木は浅黒い顔の男ののどにナイフを突きつけていた。

「寝室に寝かしておけ」

女の躰を畳《たたみ》に降ろそうとした俺にむかって、藤木が言った。襖《ふすま》を開け、俺は女を隣室《りんしつ》の蒲団の上に横たえた。旅館の浴衣というやつが嫌なのか、女は白いタイトのスカートに赤いセーターを着ていた。二十四、五といったところだろうか。

「風呂場へ行って、タオルを濡《ぬ》らしてこい」

なにをする気なのか、わからなかった。俺は言われた通りにした。濡れたタオルを、藤木はいきなり男の口に押しこんだ。もがこうとした男が、腹を蹴《け》られて畳にくずおれた。南川。顔を見るのは、はじめてだった。四十の半ばくらいだろう。頭髪《とうはつ》にはかなり白いものが混じっている。口から垂れたタオルの端が、吐瀉物《としゃぶつ》のように見えた。

「縛れ」

藤木が、浴衣の紐《ひも》を放《ほう》ってよこした。

俺は南川の上体を起こし、後ろ手にきっちりと縛りあげた。南川が、籠《こも》ったような呻《うめ》き声を洩《も》らした。はだけた浴衣から、のっぺりした毛のない脛《すね》が突き出している。

「夜は長いんだ。ゆっくりやろうか」

藤木が、灰皿を抱えて畳に坐《すわ》りこんだ。南川が、怯《おび》えた眼《め》を俺と藤木に交互に投げかけてくる。街角の、雑貨屋の親父とでもいうような感じだった。

勝負にならない。俺はそう思った。川中とまともに勝負ができるような男ではない。

「南川商事の酒場《さかば》漁《あさ》りがなりふり構わなくなったのは、この二か月ばかりのことだ。その前には、ある節度はあった。うちを公然と敵視しはじめたのも、この二か月だよ」

藤木が、俺に説明しているのか南川に喋っているのか、よくわからなかった。畳に眼を落とし、思い出すようにポツポツと喋っている。

「いくら親から貰《もら》った金であろうと、あんな使い方はできないもんさ。どこからか資金が出ている、と俺は思った。それがどこなのか、俺は知らなくちゃならん」

藤木が煙草《たばこ》に火をつけた。テレビはかかっているが、それほどボリュームは大きくなかった。テーブルの上には、お茶とゴルフの教本が置いてある。

「しつこく訊《き》く気はないよ」

藤木が、はじめて南川に視線をむけて言った。南川が、何度も瞬《まばた》きをして首を振った。

「最初で最後の質問だ、南川。どこから資金が出ている？」

南川が、また首を振った。

煙を吐きながら、藤木は憂鬱そうな視線を俺にむけてきた。それを黙って受けとめた。

「痛みってやつは、どこかに限界がある。それを越えると、痛いものも痛いと感じなくなる」

「やりますか、こいつの限界まで」

かすかに、藤木が首を振った。相変らず、憂鬱そうに眉《まゆ》の根を寄せている。藤木が、なにか言い出すのを俺は待った。南川が、腰を動かすようにして、縛《しば》られた紐《ひも》から手を抜こうとした。しっかり縛ってある。手首からさきが、ドス黒く変色しはじめていた。

「質問は一度きり。そう言ったよな」

藤木は、もう南川を見ていなかった。

時間がすぎていった。かすかに、俺は苛立《いらだ》ちを覚えはじめた。南川のそばにじっと坐っていても、なにも起こりはしない。それでも、黙っていた。俺が沈黙を苦痛と感じる以上に、南川は沈黙がこたえているかもしれない。藤木も、それを狙《ねら》っているのかもしれない。

藤木が立ちあがり、壁のスイッチを押した。明りが消え、部屋の中が暗くなった。明りといえば、テレビだけだ。眼が馴《な》れると、それでも結構よく見えた。

藤木は腰を降ろさなかった。ナイフを取り出し、テレビの明りの中で確かめるように刃《は》を覗《のぞ》きこんでいる。

藤木の躰が躍《おど》った。白い光が、闇《やみ》の中を走った。肌に粟《あわ》が立った。なにかが切られた。

藤木は、また彫像《ちょうぞう》のようにじっと闇の中に立っているだけになった。南川の息遣《いきづか》い。闇の中で激しかった。藤木が息をしているのかどうかは、わからない。それほど、静かだ。

また、藤木の躰が躍った。闇を走る白い光を、俺は逃《の》がさず眼で追った。切っている。それが、はっきりとわかった。白い光に打たれた南川の躰が、一瞬弾《はじ》かれたように動いていた。

藤木にかけようとした声を、俺は呑《の》みこんだ。闇の中に立っている藤木の眼だけが光っていた。切られた南川の眼も、光っていた。殺す気なのだ。そう思った。間違って殴り殺すというのとは、まるで違う。殺意、というやつが空気をふるわせていた。

南川が、身じろぎをした。また、藤木の躰が躍った。肉を切りつける音まで、はっきり聞えた。俺は、落ち着こうとした。これでも、川中と藤木を殺そうとしてこの街にやってきた男だ。

いくら落ち着こうとしても、藤木の躰から滲《にじ》み出してくる殺気に圧倒《あっとう》された。

「藤木さん」

ついに声を出した。南川の身じろぎが激しくなった。藤木は、やはり動かない。

「死にますよ、こいつ」

俺は立ちあがった。藤木のそばには近づけなかった。テレビの画面はずっと暗いトーンが続いていて、南川の怪我《けが》の状態をはっきり見定めることはできない。

「殺す気、なんですか?」

南川が身じろぎをした。激しく首を振っているのがわかった。それが、最後のあがきのように思える。

「いま、手当てをすれば、助かる」

低い声で、藤木が言った。

「急所は切ってない。問題は血だ。この出血が続けば、死ぬな」

南川が、激しく首を振り続けた。

「助けてやってもいい。どこから資金が出ているのか、喋ってくれればだ」

闇の中で、南川の反応はよくわからない。藤木が右手を動かした。

「一発で殺すところを、見せてやろうか」

「このままでも、死ぬんでしょう？」

「時間が経《た》てばな。坂井、明りをつけて、南川に自分の躰がどういう状態か、見せてやれ」

俺は壁を手で探った。スイッチ。光に照らし出されたのは、赤い塊《かたまり》だった。横たわった南川の躰を包んだ浴衣が、血で染まっている。

南川が、眼を見開いていた。俺は、南川から顔をそむけた。ひどすぎる血。そう思ったが、もう一度見直すと、掌《てのひら》より大きな染みが三つほど地図のように拡《ひろ》がっているだけだった。

藤木が、南川の口から内臓を引き出すように、タオルを引き出した。

「医者を」

南川の声は、切迫《せっぱく》していた。藤木のやり方が、ようやく俺にはわかった。南川の怪我は、大したことはない。皮膚を浅く切られているだけだ。明るければ、南川にもそれがわかったかもしれない。しかし、闇の中でやられた。痛みより、傷が見えないという不安が大きかっただろう。そしていきなり明りをつけられた。自分の躰から出た血の染み。

突然それを見せつけられて、南川が自分を見失ったことは充分考えられる。

「出血がどんどんひどくなってる。早く医者に連れていかないと、死んじまいますよ」

俺は、南川のそばにかがみこんで傷口を覗いた。やはり浅い。浴衣も一緒に切られているので、切った時の音は大きかった。

「医者を呼んでくれ、頼む」

南川の声が、悲鳴に近くなった。

「あと五、六分。それでもう出血の限界ですよ、藤木さん」

「資金の出所を喋ってくれれば、救急車だってすぐに呼んでやるさ」

「M重工。M重工の開発部だ」

弱々しく、南川が言った。

「間違いはないな?」

「間違いない。開発部長の関根《せきね》。その上の重役とも会った」

「で?」

「川中エンタープライズを潰すためだ。そう言ってた」

「わかってることを言うな。沢田令子はなぜ殺された?」

「川中を、留置場に入れておける。その間に、動けるだけ動く気だ」

「殺《や》ったのは？」

「関根。自分でじゃない。社外の人間を使ってるが、俺はよく知らん」

「ほんとうに、知らんのかね？」

「知ってりゃ、喋る。早く医者へ」

「大丈夫だ」

藤木が、南川のそばにしゃがみこんだ。

「血は、もう止まりかけてる。これぐらいの出血じゃ、人間は死なんよ。鼻血でも、これより大きな染みはできるぜ」

南川が首を振った。

「医者を、早く」

「よく、自分の傷を見てみろ。こんなんで医者に行っても、消毒液がしみるだけだ」

南川が、もう一度自分の躰に眼をやった。それから口を開け、藤木を見あげてくる。

「俺の、怪我は？」

「猫にひっかかれたようなもんさ」

「じゃ、俺は」

「大出血だと思いこんだ。肚《はら》を据《す》えてなきゃ、誰だってそんなもんさ」

藤木が顎《あご》で合図したので、俺は南川の手首を縛った紐を解いてやった。手首からさきだけが、変色している。南川が、浴衣をはだけるようにして自分の腹を覗きこんだ。

「警察に行きたきゃ、行けよ。いろいろはっきりすることが出てくるだろうからな」

「やられたよ」

南川が、ちょっと口もとを歪《ゆが》めた。部屋を出ようとした藤木が、一度ふり返った。

「寝室に女がいる。血のついた浴衣を始末してから、紐を解いてやる方がいいと思うぜ」

部屋を出た。

入ってきた時と同じコースで、俺たちは旅館を出た。

18 客

月曜日に、川中のポルシェは修理されてきた。

車は戻ってきたが、川中は留置場から出てこなかった。藤木も松野も、川中を出そうとしてことさら動いているようには思えなかった。

「ポルシエ、おまえが預かってろ、坂井」

「乗り回しても、いいんですか？」

「無茶やらなきゃな」

俺は頷《うなず》いた。ポルシェを駆《か》って猛烈に突っ走る。そういう衝動《しょうどう》が、いつの間にか消えてしまっている。

「店は、平常通りだ。ただし、松野はほかの店を回る。『ブラディ・ドール』は、おまえが責任を持つことになるぞ」

「栗原さんじゃまずいんですか？」

「いやか？」

「栗原さんの方が、みんな納得するとは思うんですがね」

「そうだな」

藤木と松野が、しばらく話し合った。

「かたちは、そういうことにしよう。ただ、なにかあった場合は、おまえが動け」

川中エンタープライズの本社だった。社長がホステスを殺したという煽情《せんじょう》的な事件で、会社の中はごった返していた。新聞記者のような連中が、何人もうろついている。

俺たち三人が喋ったのは、廊下の突き当たりだった。はたから見れば、事件についてコソコソ話し合っているというふうにしか思えなかっただろう。

俺はポルシェに乗って、一度『レナ』へ戻った。

車が一台、俺を待っていた。警察車だということは、見ればわかる。

「坂井直司《なおじ》さんだね？」

初老の刑事だった。後ろに、若いのがひとりくっついている。刑事というやつは、いつでも二人ひと組だ。

「そのポルシェは？」

「社長のですよ。俺が預かってる」

「川中とは、仲が悪いんじゃなかったのか？」

「社員ですよ、俺」

「しかし、殴り合いをした。ひどい顔をしてるな」

まだ、痣《あざ》は消えていなかった。

「気に食わない時だってあるんでね」

「気に食わなきゃ、社長と殴り合いをするのか？」

「勝手だろう」

「詳しく、聞きたいんだがな」

「てめえがぶちのめされた話、誰が喜んですると思う。特に相手が警察《サツ》じゃな」

「君は二年前」

「やめなよ、旦那《だんな》」

若い方が言い出したのを、俺は遮《さえぎ》った。

「前科《まえ》はあるよ。きちんと懲役《つとめ》て出てきたんだ。つべこべ言われる筋合いじゃねえ」

「突っ張るなよ。それともなにか？　おまえが沢田令子を殺《や》ったのか？」

「上等じゃねえか。この街の刑事《デカ》は、口の利き方で、犯人《ホシ》挙げんのかよ」

「犯人《ホシ》は挙がってる」

「よく言うな。どこからか電話があって、社長の車のトランクに屍体《したい》が入ってると密告《サシ》てきた。社長は、確かに土曜日にゃサニーに乗ってたさ。都合のいいことに、ポルシェのガラスが叩《たた》き割られたんでね。ポルシェじゃ、屍体を隠して載《の》せられねえもんな」

「なにを言いたい」

「なにも。どう考えたって嵌《は》められたとしか思えねえ社長を、はいそうですかってパクるような警察《サツ》に、なに言ってもはじまんねえだろうが」

「口に気をつけろ、坂井」

「手、出しましょうか。手錠《ワッパ》ぶちこんで連行したらいいや」

「なあ、坂井」

初老の刑事が、若い方を押しのけてまた前へ出てきた。

「車に屍体を積んでた。こりゃ、放《ほ》っとくわけにゃいかんわな。だから、川中にゃ泊《とま》って貰ってる。事件《ヤマ》が完全に終ったとは、俺たちも思ってないんだ」

「犯人《ホシ》はもう挙げたって、そっちの旦那が言わなかったかな」

刑事が煙草をくわえた。

「川中エンタープライズがどういう状態だったか、われわれも摑《つか》んじゃいる」

「よしてくれよ、もう。ここにいたって、時間の無駄だぜ」

「協力、してくれんかね？」

「俺が？ 笑わせんなよ」

「複雑な事件でね。はじめから、そういうカンはあったんだが」

「帰ってくれ」

「任意同行って方法もあるんだよ」

「いいともさ。いつでも構わねえよ」

「まあ、われわれも無茶は避けたい。ただ、この事件《ヤマ》を単純に考えちゃいないってことだけ、伝えとこう」

「車、ほんとに社長から預かってんですよ。乗り回していいと言われてたんだ」

「そう言ってた、川中もな」

本当なのかどうか、わからなかった。もし本当なら、藤木は川中がなにを考えているかまで、知り尽していることになる。

刑事は、それ以上執拗《しつよう》につきまとってはこなかった。

夕方、いくらか早目に店に出た。

カウンターに川中の背中はなかった。藤木もいない。俺は、ドライ・マティニーをシェイクして作った。カクテルグラスに入れてオリーブを添え、カウンターに置く。

「無駄遣いするんじゃねえ、坂井」

栗原がそばへ来て言った。

「今日から、俺がこの店を仕切ることになった。言うことは聞いて貰うぜ」

「誰が決めたんだ、社長か？」

「重役会議で、そういうことになったのよ。この店仕切れるのは俺しかいねえってな」

「大した出世だ」

「働いて貰わなくちゃならん。俺にも責任ってもんがあってな」

「わかりました、店長」

にやりと、栗原が笑った。

「この店に残ってて、よかったぜ」

小声で言う。俺は、ちょっとだけ肩を竦《すく》めてみせた。

さすがに、客の入りは悪かった。給料を精算して貰っただけで、帰ってしまった女の子もいる。従業員の間では、川中の噂《うわさ》がひそかに交わされていた。逮捕されたのは土曜日だったが、それが発表されたのは日曜の朝刊だった。

「M重工って知ってるか、おまえ」

九時ごろ、栗原がそばへ来て言った。

「聞いたことあるな」

「これから十人で来るそうだ。予約が入った。この売り上げじゃ、どうしようかと思ってたとこだったからな。助かった」

「売り上げが落ちても、栗原さんのせいってわけじゃないだろう」

「そこがよ、責任あるやつとないやつの違いさ」

言って、栗原は十人分の席を作っているボーイの指図をはじめた。

席ができあがったころ、十人の客が入ってきた。栗原が恭《うやうや》しく迎《むか》えている。

俺は、目立たない中年の男に眼をやった。関根さん、と呼ばれていたからだ。

背の低い、痩《や》せた男だった。縁なしの眼鏡が、貫禄《かんろく》よりもむしろ貧相さを強調してしまっている。五十歳。そう見当をつけたが、実際はもっと若いのかもしれない。痩せた男というのは、老けて見えるものだ。

「難しいカクテル、註文《ちゅうもん》してきやがったぞ。大丈夫だろうな、坂井」

「苦労性だね、店長」

ソルティ・ドッグが三つで、水割りが五つ、ほかにカンパリソーダとジン・トニックだった。

運ばれていったグラスがどう並べられるか、俺はじっと見ていた。関根はソルティ・ドッグだ。

「うまいカクテルだってよ。やつら、東京の客だぜ」

「俺のカクテルが、まずいわけはねえんだ」

「大した自信じゃねえか」

「二人で、酒場やれると思わねえか、栗原さん。川中エンタープライズのむこうを張ってさ」

「商売にゃ、資本ってやつがいるんだ。夢みてえなことは考えるな」

一瞬本気の表情をして、栗原が言った。それから、言ったことに照れたように、俺に背中をむけた。

M重工の十人は、十一時前に出ていった。店の中は閑散《かんさん》として、女の子ばかりが目立つようになった。

「M重工だって?」

看板前に、松野がやってきて俺に耳打ちした。

「関根ってやつ、よく見ときましたよ」

「どういう気なんだろう?」

「やたらカクテルを註文して、気に入ったようなことを言っていきましたがね」

「気にしても、仕方がないか」

三人の中では、松野が一番楽天的なようだ。とぼけた芝居もうまいものだった。

「社長、いつ出られるんです？」

「さあな。藤木の旦那は、社長がいない間に動けるだけ動いておこうって肚《はら》だ」

「なぜ？」

「大事に思ってるのさ、社長のことを。危《ヤバ》い橋は渡らせたくないんだ」

「だから、自分で渡っちまう。わかるような気もするけどな」

「南川だって、もっと早くああいう目に遭《あ》わせりゃよかったんだ。社長はやろうとしたんだが、藤木さんが止めてね」

南川が、警察へ駈《か》けこんだ気配はなかった。傷を見れば、どういうこともないのはわかったはずだ。

闇の中でナイフを使った藤木の姿を、俺は一瞬思い浮かべた。それからあの殺気。あんな男を、自分は殺そうとしていたのか。

「藤木さんは？」

「さあね。どこかで、危《ヤバ》い橋を渡ってんだろう。俺はどうも、いまひとつあの人には近づききれなくてね。社長は好きだよ。無条件に、好きだな」

「じゃ、早く出してやりゃいいのに」

「順序ってやつがある。社長はかなり苛立《いらだ》ってるそうだが」

「それも、藤木さんが決めたんですか？」

「俺さ。危《ヤバ》い橋は藤木さんに渡らせよう。悪いがそう思っちまうんだ」

俺は煙草をくわえた。火をつけようとして、営業時間中の喫煙が禁じられていることを思い出した。ただし、ボーイとバーテンにかぎってだ。

松野が出ていくと、待っていたように栗原が近づいてきた。

「あの野郎、満足にバーテンも務まらなかったくせしやがって、でかい面で店に入ってきやがる。トコロテンの人事ってのは、こんな小せえとこじゃ駄目だな。能力のねえやつでも出世していく」

「別の能力なら、あるのかもしれないぜ。カクテルを作るのは駄目だけどさ」

「なんの話したんだ？」

「社長が、いつ出てくるだろうっていうようなことさ」

「いつなんだ？」

「わかるわけねえだろう、俺に」

「松野は、なんて言った」

「弁護士が頑張ってるってよ」

宇野という弁護士はどうしているのだろう、と俺はふと思った。南川商事の顧問をやっているはずだ。どこかひっかかってくる男だが、もう二週間以上姿を見せていない。

「おでん、食っていくか、おまえ」

「いつもじゃ悪いからな」

「部下に奢《おご》るのは、仕事の一部よ」

「やめとく。食欲がねえんだ」

街の中央にある駐車場に、ポルシェを放りこんであった。そこまでバイクで行き、ポルシェに乗り替《か》えなければならない。俺が社長の車を預けられていることを知ったら、栗原は臍《へそ》を曲げるだろう。

「仕方ねえか。だけど、おまえは俺の味方だよな」

「味方って？」

「たとえば、俺と松野がぶつかった時、どっちに付くかってことさ」

「さあな」

「坂井よ。はじめにおまえを俺のとこに住まわせてやらなかったのは、悪かったと思ってる」

「いま謝られてもな。それに社長が出てくりゃ、また元の通りだぜ」

「そこよ。俺たちの眼で見たって、松野にゃいつまでもバーテンは務まらねえ。おまえの方がずっと腕がいいんだ」

「松野さんが戻ってきたら、いじめようって肚だね」

「さっき、おまえ言ったろう。二人で酒場をやりゃうまくいくって。ここでもいいんだぜ。

会社に儲《もう》けさせりゃ、文句はねえだろうから」

栗原が、俺の眼を見つめてきた。

俺は横をむいて煙草をくわえた。もう営業時間は終っている。

19　夜の終り

シティホテルの前で、ポルシェを停《と》めた。

玄関から、藤木が出てくるのが見えた。

「熱海だ、坂井」

「またですか」

「相手は、南川じゃない」

車を出した。

七十キロほどで、市内を抜けた。これぐらいのスピードでも、ポルシェは疾走《しっそう》するような態勢をとった。車輪が、路面に貼《は》りついたような感じになる。

「M重工の関根、さっき来ましたよ」

藤木はなにも言わなかった。構わずに俺は喋り続けた。街を出てから、百キロにスピードをあげている。

「背の低い、痩せた男でした。縁なしの眼鏡をかけてて、気障《きざ》にカクテルを頼んでくるようなやつです」

藤木が煙草に火をつけた。前方に、大型トラックのテイルランプが見えてきた。シフトダウンして加速をつける。そんな必要もなかった。軽く踏みこむだけで、ポルシェは滑るようにスピードをあげていった。

「予約が入ったんですよ、M重工で。十人ばかりで来ましたが、全部会社の連中って感じでしたね」

藤木は、黙って煙草を喫《す》い続けていた。小さな街。寝静まっていた。街を抜けて、俺はまたスピードをあげた。

「シートベルト、かけてください」

ミラーに光があった。近づいてくるでもなく、遠ざかるでもない。距離はずっと同じだった。尾行《つけ》られていると思えば、思えないこともない。

「やっぱり、ついてきてるか?」

「わかってたんですか、はじめから?」

藤木は返事をしなかった。煙草を消し、シートベルトをかけただけだ。

ちょっとスピードをあげた。百三十。ついてきた。距離は三百メートルというところか。カーブにさしかかるたびに、ミラーの中で見え隠れしている。

海際の道路になった。アップダウン。登り。スピードが落ちてくるが、シフトダウンはしなかった。登りきったところで、俺はスロットルから足を離した。下り。減速し、右の松林《まつばやし》の中に飛びこんだ。ライトを消す。エンジンも切った。坂を登ってくるエンジン音が近づいてきた。路面、松林の緑。ヘッドライトの光芒《こうぼう》の中に照らし出された。スピードは落としていない。脇を走り抜けた瞬間に、俺はエンジンをかけ、ライトをつけた。

二速、三速と、引っ張れるだけ引っ張っていく。四速にシフトした時、百四十を超《こ》えていた。白いベンツの後姿が、ライトの中に浮かびあがってくる。

「慌ててやがる」

後方に迫った。二十メートル。ベンツが加速する。ぴったりとついていった。百五十。ベンツのハンドル捌《さば》きが不安定になっている。カーブで、外側に振られているのが、後ろから見ていてもよくわかった。

「どうする気だ？」

「さあね。むこう次第でしょう」

「逃げきる気じゃなかったのか？」

「ただ逃げるなんての、性に合ってねえんです」

道路は、海際を大きく左へカーブしていた。対向車のライトを、俺は眼の端で捉《とら》えた。遠いと思ったが、すぐに近づいてきた。

ベンツが、減速してきた。ブレーキランプを点滅させはじめる。対向車が、風を残して擦《す》れ違っていった。

「いいですか？」

「仕方がないな。どの道、熱海へ着く前に、こうなったはずだ」

「何人いるかが、問題だな」

「二人。俺に付きまとってたやつらだからな。顔は知ってるが、どれほどの連中かってことはわからん」

「顔は知ってるって？」

「昔の、知り合いさ」

「M重工と、関係あるんじゃないんですか？」

「あるだろう。俺の昔の知り合いが、M重工と親しくなったところで、不思議はない」

ベンツが停止した。

藤木が、シートベルトをはずした。俺はベンツの横を擦り抜け、前方でポルシェを停めた。

ドアを開けながら、藤木の手に黒光りのする鋼鉄の塊があるのを眼の端で見ていた。

「拳銃《チヤカ》、持ってんですか？」

「昔、使ったやつだ。ここは時間をかけるわけにはいかないんでな」

ベンツが、ヘッドライトをつけた。そうするだろうと思っていた。ほぼ三十メートル。俺たちの姿は照らし出されているはずだ。

「俺が右へ走ります。藤木さんは左へ走ってくれますか」

「俺に指図するのか、坂井」

藤木の声は笑っていた。

「光からはずれると、見えなくなる。そういうもんです。わざわざ、やつらの前に出て停めたんですから」

「ほんとにやり合う気になったらな、小細工はしない方がいい」

藤木が歩きはじめた。光の中。ライトにむかって、真直《まっす》ぐに歩いていく。俺は一瞬息を呑み、それから走りはじめた。

松林の中、張り出した根が足を取る。銃声《じゅうせい》が、闇を裂《さ》いた。光の中。藤木。立っていた。俺は走った。横からなら、連中の中に飛びこめる。

藤木の手もとから、轟音《ごうおん》とともに赤い閃光《せんこう》が飛び出した。二発。俺がベンツの脇に飛び出したのは、その直後だった。

ひとりがうずくまっていた。もうひとりは、闇から飛び出してきた俺にむかって、拳《けん》銃《じゅう》をむけてきた。風が、俺の脇の下を掠《かす》めていった。躰ごと、男にぶつかっていった。吹っ飛び、ベンツのボディに背中をぶっつけた男の股間《こかん》を、間髪《かんはつ》を入れずに蹴りあげた。うずくまろうとする男を、さらに蹴りあげる。サンドバッグのようなものだった。ベンツに貼りついた男の躰が、俺のパンチが食いこむたびに左右に揺れた。

「もういい、よせ」

殴るのをやめると、男はベンツに背中を擦《こす》りつけるようにして路面にへたりこんだ。

藤木が、路面に転がっていた拳銃を拾いあげた。俺は、ベンツの運転席に上体を突っこみ、ハンドルの下のコードを五、六本引きちぎった。

「大した腕の連中じゃなかったな」

「藤木さんを狙ったんですか？　それとも」

「どっちにしろ、邪魔な連中だった」

藤木は、うずくまっている男にちょっと眼をくれただけで、ベンツに背をむけた。

熱海に入ったのは、午前三時過ぎだった。さすがに、街中はひっそりとしている。

「なにやるのか、そろそろ教えてくれませんか？」

「人を、ひとり殺す。それだけだ」

「社長がいない間に、ですか？」

「どういう意味だ？」

「別に」

「こういうことは、俺が片付けりゃいい仕事だからさ。片付け方にもいろいろある。いまのところ、俺が俺のやり方でやるしかないんでね」

「殺して片付くことってのは、多いもんですか？」

「だろうと思う。頭が悪いからな。いつだって、そんなことしか思いつかんよ」

「組長や仲間をぶっ殺したのも、あっさり片付けちまいたいことがあったからですか？」

「勝手に想像してろ。おまえは、俺を殺すのはやめにしたのか？」

「川中さんをまだやっちゃいないんでね。川中さんの次が藤木さんです。もっとも、川中さんにゃ、命をひとつ借りてる」

「返すにゃ、重い借りだな」

「時間は、たっぷりありますからね」

「沢田令子のことは、おまえの中で折り合いがついたのか？」

「つきません」

「どうする気だ？」

「折り合いがつかねえことってのは、多分いっぱいあるんだ。特に気持の問題じゃね。抱《かか》えていくしかないでしょう」

「見あげたもんだ。俺は、そんな思いきり方ができん方でね」

「だから、国外にも逃げない？」

右へ曲がれ、と藤木が手で合図した。

暗い通りに入った。山の方へむかっている。人も車も、一番少ない時間だった。

「殺《や》る相手がどんなやつか、知りたくはないのか？」

「聞いても、わかることじゃねえです。顔を見たって、わかりゃしねえ。殺ると決めたら、殺るしかないでしょう」

「利いたふうな口は利くな。ひとり殺ったぐらいで、なにがわかる」

「十人殺ったって、わからねえもんはわからねえや。俺《おり》ゃ、なんでもかんでも意味をつけるってのが嫌いでね。酒の作り方、なんでも知ってるやつがいます。ところが、味はわからねえ。どんなに水っぽいカクテル出したって、うまいって喜んでますよ。ところが、作り方なんて知らなくても、わかるやつはわかる」

坂道になった。繁華街からははずれている。別荘や寮が多いところだ。

「M重工が、ここの吉崎《よしざき》という男と手を組んでる。正確には関根がな」

「どういうふうに、殺るんですか？」

「おまえは、気性がさっぱりしてるのか。それとも、自分の中のなにかを見ちまうのが、怖《こわ》いのか？」

「なにかって？」

「臆病《おくびょう》だとか、卑怯《ひきょう》だとか」

「わかんねえな。自分が臆病だと思ったことはねえですよ」

「じゃ、さっぱりしてるんだ」

　高沢には、しつこい性格だとよく言われた。カクテルを作っていて注意されると、決してそれを忘れない。注意されたところだけ、いつも念入りにやる。どういうつもりもなく、ただ間違えないようにと思っているだけだが、高沢には気に入らなかったようだ。そのうち、注意したがっているのだ、ということがわかってきた。わざと同じ間違いを二度やると、こっぴどくやられたが、その後高沢はいつも上機嫌《じょうきげん》だったものだ。

「吉崎は、このさきに屋敷を構えてる。別荘じゃなく、本宅だよ」

「何人くらいいるかまで、ちゃんと調べてあるんでしょう？」

「やくざの親分ってわけじゃない。書生と呼ばれてる若い連中が、五人ばかりだ」

「それが、荒っぽいやつらってわけかな」

「わからんな。やってみないことにゃ、なにもわからん」

「突っこんでって、自分からくたばろうってわけですか」

「はじめからくたばるつもりなら、おまえを連れてきたりはしない。きわどいことになるが、逃げるつもりだ。おまえは、その足みたいなものさ」

　かなり坂を登った。カーブの連続だ。周囲には、もう山荘《さんそう》ふうの建物しかなくなった。

ポルシェは快調に登っていく。

「このさきを左に入ったところだが、車はどこかに置いておけ」

「俺は？」

「どうしたい？」

「どうでも。道連れってことになっても、構わねえですよ」

「心中するみたいに言うな」

藤木が笑った。

左へ曲がった。途中の、路肩《ろかた》に余裕があるところで何度か切り返し、方向を変えた。

「吉崎は、夜が明けるころに散歩に出るそうだ。朝の五時ぴったり。冬は暗いが、夏は明るくなってる。それでも、夏も冬も同じ時間らしい」

ポルシェのエンジンを停めていた。周囲はひっそりとしている。

「いまだと、明るくなるかならないかって時間かな」

「そんな時間まで飲むなんてことは、なかったのか？」

「あったかもしれませんがね。何時に夜が明けるなんてこと、憶《おぼ》えちゃいませんよ」

「明ける時がくれば、明けるさ。終らなかった夜なんてものはないんだ」

「藤木さんの夜は？」

「どういう意味だ？」

「なんとなく、いつも夜だって感じがしましてね。気持の中に、終らねえ夜を持っちまってる」

藤木は、黙っていた。闇の中に、低い笑い声が響いただけだ。

20 返り血

かすかに、明るくなったような気がした。

気のせいかもしれない。木立は闇の塊《かたまり》だし、空はいくつかの星を深夜と同じように見せている。時計を見たせいだ、と俺は思った。

藤木が、シートから躰を起こした。ドアを開ける。ルームランプが、周囲の闇をいっそう濃いものにした。

藤木と一緒に、俺も降りた。

藤木は、道の奥にむかって二百メートルほど歩いた。道路にまで、枝が張り出しているようなところだ。

「おまえ、なんか持ってるか？」

「匕首《ドス》を一本。よく研《と》ぎあげちゃありますがね」

「俺も、匕首《ドス》さ」

「あれを使うのは、殺しじゃない殺人だ。もっとも、俺は拳銃《チャカ》で二人死なせたが」

「拳銃《チャカ》は?」

「さっきも、撃ちましたよ」

「急所は、はずれてるさ。見てすぐにわかった。手当てさえすりゃ、助かる」

「手当てしなかったら?」

「それで死んでも、殺人じゃない」

「なるほどね。わかるような気がします」

「吉崎は、放っておけば社長を狙うよ。最後にはそうするはずだ」

「殺す理由なんて、いいですよ。理由なんかどうでもいい。俺は、ただやってみようと思ってるだけです」

「沢田令子も、吉崎がやった。あの男のやりそうなことだよ」

「令子の話は、どうでもいいです。ただそれがほんとなら、社長も狙うって線も考えられますね」

「吉崎はそうする、と言ったろう」

「すぐには信用しない。刑務所で習ったことってのは、それぐらいのもんです」

闇の中で、藤木の姿はほとんど見えなかった。

何時ごろなのか。車を降りる前は、四時三十八分だった。時計を見そうになって、俺は途中でやめた。三分、五分。そんな時間がひどく長く感じられる状態だろう。

吉崎が現われるまで、絶対に時計は見ない。ひとつ決めた。やることができた。時計を見ないようにすることだ。そうやって、時間というものをやり過す。これも、刑務所で身につけたことだ。教えてくれたのは、十六年の刑期《けいき》をすでに九年つとめた、お坊《ぼう》と呼ばれる殺人犯だった。同房《どうぼう》で、身内の人間の命日などを思い出した囚人《しゅうじん》は、お坊に頼みこむ。お経をあげてくれるのだ。ほんとうに坊主なのかと訊《き》くと、笑ってこの話をしてくれたのだった。お経をあげるというのが、お坊が決めたやることのひとつだった。みんな、勝手な命日をこしらえて、お坊に頼みこんだ。俺も、おふくろは三度殺したし、昔の友だちは数えきれないくらい殺した。高沢も、一度死んでいる。お坊に頼むのに、金などはいらない。頭を一度さげればいいのだ。

「吉崎って男の噂は、N市でもよく聞いたもんだ。いろんな噂があって、全部合わせるととんでもない男ってことになる」

「ひとつが十個くらいになっちまう。そんなもんでしょう」

「M重工の関根が吉崎と組んでることを、南川はあんなになっても言わなかった。怕《こわ》がっていたんだろう」

「南川が、嘘《うそ》を言ったとは思えなかったけどな」

「嘘は言わなかった。だが全部も喋らなかった。死ぬかもしれないという恐怖に駈《か》られている男がだ」

「わかりましたよ」

「社長を狙う。間違いなくそうするな。ほんとうなら、はじめからその手で来たはずだ。組んでるのがM重工なんで、つまらん細工をいろいろとやったんだろう」

俺は、首の後ろを掻《か》いた。虫がとまったと思ったのだが、道に張り出した小枝《こえだ》のさきが触れていただけだった。

「沢田令子は、その」

「藤木さん」

俺は藤木の言葉を途中で遮った。

「喋りすぎですよ」

「そう思うか」

「怕がってるみたいだ」

いきなり、腹に衝撃がきた。息が詰まり、俺はかがみこんだ。三度、四度。胸をふるわすようにして呼吸した。

「ひでえな。これからって時なのに、一発食らわすなんてね」

「ひと言、多いからさ」

それで、話は終りだった。俺も藤木も、かすかな人声を同時に聞きつけた。

俺は、ゆっくりと立ちあがった。息。藤木のものか自分のものか、よくわからなかった。吸っては吐く音だけが聞える。

いつの間にか、空の端が明るくなっていた。間違いなく、夜明けだ。

人声は、どんどん近づいてきた。

「なんだ、おまえら。ここは私有地だぞ」

いきなり、声をかけられた。スポーツタイプの自転車に乗った男だった。

「ここを行くと、街へ降りられるって話だったんだがね」

藤木が前に出て言った。薄闇《うすやみ》で、男の表情は定かではない。

「トレーニングかね、朝の」

「競輪をやってる。それより、早いとこここを出ていってくれ。もうすぐ、うちの先生がこっちへみえる」

「道を教えてくれないか？」

「この近所の、別荘の人かね？」

「まあな。買ったばかりの新参者でね」

男の自転車が、横に倒れた。藤木が足で蹴ったようだが、よくはわからなかった。藤木の足が、もう一度サッカーボールを蹴るように宙に舞いあがった。男の頭が、一度持ちあがって路上に落ちた。

俺はそれを眼の端で捉《とら》えていた。走る。藤木は、すでに走りはじめている。

背後から、叫びに似た声が追ってきた。前方に、数人の人影が見えた。

「先生」

「先生っ」

背後の叫びが大きくなった。

ひとりが、後ろに退《さ》がった。五人が立ち塞《ふさ》がっている。藤木が飛びかかった。匕首《ドス》の刃《は》が、白い翼を持つ鳥のように、鮮やかに舞った。ひとりが、腕を押さえた。その男の顔を、俺は走ってきた勢いを乗せて蹴りあげた。藤木が、木刀を持った男とむき合っている。走ろうとした。後退していく男が、背をむけて走りはじめたのが見えたからだ。二人が、俺に組みついてきた。右からきたひとりを、俺は横に振り回した。匕首《ドス》を抜く、一瞬の余裕があった。二人が、距離《きょり》をとる。

背中に、自転車がぶつかってきた。衝撃で、俺は前のめりに倒れた。跳《は》ね起きた時、ほとんど無意識に、匕首《ドス》を横に薙《な》いでいた。叫び声。膝《ひざ》を抱えてうずくまった男。俺は走った。

吉崎の背中が近づいてきた。いい体格をしているが、老人だ。匕首《ドス》が届くまで追いあげろ。頭にあるのは、それだけだった。あと五メートル。前方に、屋根が見えた。生垣《いけがき》、門、頭上を覆《おお》っている木立。

吉崎が膝を付いた。丸くなった背中しか、俺には見えなかった。足を掬《すく》われた。倒れ、起きあがりながら、俺は足首を摑んでいる男を蹴りつけた。俺の横を、藤木が走りすぎていった。焦って立ちあがろうとして、また足を掬われた。路上で躰を回転させた。ようやく、男が俺の足首から手を放した。

立った。立った時は走っていた。藤木が、吉崎に背中からぶつかるのが見えた。もう門の中だ。母屋《おもや》から、男が三人飛び出してきた。吉崎の躰が、藤木から離れた。俺は、横をむいた吉崎に、躰ごとぶつかっていった。両手で構えた匕首《ドス》に、なにか重い感じがあった。刺したのだ。そう思うまでに、どれほど時間があったかはわからない。引き抜いた。もう一度刺した。吉崎の躰が、ガクリと二つに折れたような気がした。

人声が交錯《こうさく》した。匕首《ドス》を引き抜きざま、俺は横に払った。足がもつれていた。藤木が、上から叩きつけるように、吉崎の躰に匕首《ドス》を振り降ろした。血が飛んだ。

「走れ」

藤木が叫んだ。どうしようか考える前に、躰が走りはじめていた。ふり返った。宇野。確かに、母屋の入口のところに宇野が立っていた。こちらをじっと見つめている。

「なにやってる。走れ」

藤木の声に弾《はじ》かれたように、俺はまた走りはじめた。銃声が追ってきた。一発。次に続けて二発。罵《のの》しりながら四、五人が追ってきているようだ。ふり返る余裕はなかった。また銃声。走った。肺が破れそうだった。たまるかっ。俺は叫び声をあげていた。

うずくまっているポルシェが見えてきた。銃声が、肩を掠めた。藤木が膝を折った。倒れかかった藤木を脇から支えるようにして、俺は走った。藤木も走っている。しかし遅かった。

「行け」

藤木が喘《あえ》ぎながら言った。俺はふり返った。三、四十メートル。藤木が、ポケットから拳銃《けんじゅう》をつかみ出した。一発。俺は藤木の躰を放して走った。

ポルシェ。運転席に飛びこみ、キーを突っこんだ。また銃声が聞えた。俺が逃げる間、銃で連中を食い止めようというわけか。クラッチ。シフトレバー。リバース。

スロットルを踏みこみ、クラッチを乱暴に繋《つな》いだ。ポルシェは、車体を一度ノッキングさせ、後退した。ブレーキ。助手席のドアを開ける。藤木が、もう一発撃った。

藤木が飛び乗ってくるのと、急発進させるのが同時だった。開いたままのドアが、発進のショックで音をたてて閉じた。

連中の姿が、ミラーの中で遠くなった。そのまま、表の道路に飛び出した。

追ってくる。車だ。登りの方へむかった。ミラーの中に、黒いジャガーの姿が現われてきた。

「シートベルト」

喘《あえ》ぎながら、俺は言った。言っただけだ。

踏みこんだ。箱根《はこね》にむかっている。カーブ。カーブ。対向車線を使ってのコーナリング。路面に吸いつくようにしながら、ポルシェは楽にカーブを抜けた。ジャガーは小さくなっている。次のカーブを抜けた時は、もう見えなかった。

汗が、顎《あご》のさきから滴《したた》り落ちる。

窓ガラスを降ろした。風。快かった。何度か、大きく息をついた。

「藤木さん、もしかすると怪我しちまったんじゃ」

「撃たれたよ。左の腕だ。弾は抜けた」

藤木の声は、まだ喘いでいた。殺《や》ったかな。言おうとしたが、言葉にはならなかった。殺ったはずだ。

「ひどいですか？」

「弾が抜けた。傷が塞《ふさ》がりゃ、それで終りだ」

「いいんですか、そんな気軽に言って」

「死ねば、喋れんよ」

「しかし、無茶なやり方だった」

「だろうな。俺は、やっぱり怕がっていたよ。おまえに言われた通りだ。そんなはずはない、と思ってた。この間まで、いつ死んでも仕方がないと思ってたのにな。自分でも信じられなかった。静かな生活ってのは、恐《おそろ》しいもんだ。たった数か月でもな」

「人間なんだ」

「おまえも、無茶な男さ。最後まで、とうとう付いてきちまった」

「怕かった。いま、そう思います」

「やっぱり、お互い生身《なまみ》ってことだな」

スピードを落とした。下りで、しかも曲がりくねっている。一度下り、それから箱根の山を登るのだろうか。

「ひでえ血だ」

俺は、自分の躰の返り血に、はじめて気づいた。藤木の血は、もっとひどい。

「とにかく、血を落としませんか」

「まったくだ。この恰好《かっこう》じゃ、どこへ行く気もせんよ」

「どこへ？」

「行くべきところさ」

「俺も、肚《はら》はくくりました。よくわからねえけど。血を浴びた時に、はっきりそう思ったみたいです」

「俺ひとりだ」

藤木が、ちょっと言葉を切った。

「俺ひとりで、吉崎を刺した」

「つまらねえな」

「おまえは、俺が逃げるのを助けるために、車を転がしただけだ」

「正気ですか？」

「ああ」

「自分だけよけりゃ、それでいいってんですか。俺はしっかり顔を見られちまいましたからね」

「流れて歩けよ。そのうち、海外に出るチャンスだってある」

「俺の科白《せりふ》だな」

道が、また登りになった。霧《きり》が出ている。前方を見通せないほどの霧ではなかった。

21　松野

中央通りからそれほどはずれていない、商店街の中のマンションだった。

リビングと寝室があるだけの小さな部屋だが、きれいに片づいていた。女の匂《にお》いはしない。カーテンも、ソファに置かれたクッションも、カーペットも、どこか無骨《ぶこつ》な感じがした。

藤木がさきにシャワーを使った。左の肩のちょっと下の肉が吹っ飛んでいて、ひとりで服を脱ぐことはできなかった。

血を落とすと、藤木はすぐに出てきた。しばらく、消毒液で濡らしたガーゼを押し当てていた。見た瞬間に、はっとするような躰だった。右の肩から胸にかけての長い傷。背中を斜《なな》めに走る傷。くぼんだようになって、底が丸く引きつった傷。

「大丈夫だな、こりゃ」

「なにが？」

「少々の怪我じゃ、死にそうもねえや」

「つまらんことを言ってないで、早く血を落としてこい」

俺はバスルームに入った。頭をきれいに洗う。顔、手。そこが血で汚れていただけだ。怪我はしていない。背中や首筋、肘《ひじ》や膝《ひざ》に擦《す》り傷を見つけたが、大したものではなかった。熱い湯を、頭から浴びた。じっとしていた。躰にしみついたもの。熱い湯でも流れ落ちはしなかった。

服が、用意してあった。黄色いジーンズにグリーンのシャツ。

「藤木さん、これを着てんですか？」

「まさか。おまえみたいな宿なしがボーイになりたいって来たことがある。三日ばかりここへ泊めてやった」

「そいつは？」

「いなくなった。三日目に、冷蔵庫の中のもんを食い荒らしてな」

「置き土産がこれってわけですか」

「俺のもんじゃ、躰に合わないだろう」

「しかし、この色はね」

ジーンズもシャツも、ちょっと大きすぎるくらいだった。

藤木の左腕に、しっかりと繃帯《ほうたい》を巻いた。血はすぐに止まりそうではなかったが、繃帯がかすかに滲《にじ》む程度だ。

「どうする？」

白いワイシャツに手を伸ばしながら、藤木が言った。

「腹が減っちまって」

「冷蔵庫に、ハムとかチーズは入ってる。パンもあるぜ」

「任せてください」

キッチンも、きれいに整頓《せいとん》されていた。

パンを適当な厚さに切ってバターを塗り、厚いハムとチーズとレタスを挟んだ。マヨネーズをたっぷりかけておく。

バドワイザーで流しこみながら、口に押しこんだ。食欲はあった。こんなもんだ。俺はマヨネーズのついた指を舐《な》めながら思った。人を殺したあとでも、こんなふうにものを食うことはできる。

藤木は、ちょっと食いにくそうだった。右手しか使えないからだ。

「俺、車をきれいにしてきます」

最後のパンをバドワイザーで流しこむと、俺は腰をあげた。

ポルシェの室内にも、いくらか血はついていた。ステアリング、シフトレバー、ドアノブ、レザーのシート。濡れた布できれいに拭《ぬぐ》った。

肩を叩かれた。

月曜日に来た刑事だった。初老の男が、ちょっと難しそうな顔をしている。

「藤木という『ブラディ・ドール』のマネージャーを訪ねてきたんだが、君がいるとはね」

「俺は、あそこのバーテンですよ」

言いながら、俺は汚れた布を丸めた。血は黒っぽいしみになっていて、大して目立ちはしなかった。

「上かね、藤木は？」

「多分。御案内します。車を脇に寄せちまいますから」

「川中のポルシェ、どうだね？」

「すごい車ですよ、こいつ。ターボ付きでしてね」

乗りこんで、俺はエンジンをふかした。白線の内側に停めようとして、鼻さきを突っこんだ。慌《あわ》ててハンドルを切ろうとする。

「おい、ぶつかるぞ」

若い方の刑事だった。俺はブレーキを踏み、ギアをバックに入れた。スロットルを踏みすぎた。急激《きゆうげき》に繋がって、すごい勢いで道路に飛び出していく。ブレーキを踏んだ。エンストした。もう一度エンジンをかけ直し、五、六度大きく空ぶかしをした。それから静かに出す。若い刑事が誘導《ゆうどう》して、ようやく道路の脇に寄せた。

「大丈夫か、おい」

「国産の中古車しか動かしたことがないもんでね」

「ポルシェは、クラッチが微妙だって話を聞いたが、どうも国産車みたいにはいかんようだな」

車内を覗きこんだ若い刑事を、初老の方が促《うなが》した。

藤木は、きちんと上着を着こんでいた。血で汚れた服は、片づけられている。下でポルシェを唸《うな》らせたのが、効いたようだ。

「いいかね、上がっても?」

初対面ではないらしい。藤木が頷《うなず》いた。

リビングの入口に立って、俺は煙草をくわえた。テーブルのバドワイザーも片づけられ、きれいに拭《ふ》いてあった。

準備をしている。いつ連れていかれてもいいような服装までしている。

「実は、おたくの松野貢《みつぐ》が死んだ。まだ知らないんだね?」

俺は藤木の顔を見た。藤木の表情は、まったく動かなかった。

「今朝の三時すぎかな。公園で首を吊《つ》ってるのを、タクシーの運転手が見つけた。シティホテルの裏手に、小さな公園があるだろう」

「自殺、ですか?」

「動機の心当たりは?」

「さあね。酒は好きな人だった。飲むのを止められて、かなり苦しんでいましたが」

「所轄でも、そう見てる。しかし、飲もうと思えば、酒が飲めない状況じゃなかったわけだろう」

「自殺じゃないってことですか?」

「わからんよ。自殺として処理されてるが、自殺するところを見たやつがいるわけじゃない」

「自殺というのは、大抵ひとりでやるものでしょう」

「まあな」

初老の刑事は、疲れたように頭に手をやった。俺は、藤木が別のことを言い出すのではないかと、構えていた。殺《や》ったあとは、警察に両手を差し出す。藤木という男の考え方からすればそうだ。

「熱海で、事件があったらしい」

初老の刑事が、ポケットから皺《しわ》だらけのハイライトの箱を取り出し、一本抜いて火をつけた。

「らしい？」

「例の吉崎ね。病院に担ぎこまれたんだ。相当危険な状態だって話だ」

「それが、事件ですか」

「刺されている、という噂だ。病院じゃ否定してる。糖尿《とうにょう》の持病があって、突然昏睡《こんすい》状態に落ちたとね。実際、糖尿じゃそういうこともあるらしい。ただ、吉崎は健康に神経質だったし、病院というのが、吉崎の弟子みたいなのがやっている、小さなところでね」

「大きなところは信用する。小さなところは信用しない。警察の悪いところだな」

「銃声《じゅうせい》がしたっていう通報もある」

「花火の季節には早すぎますか」

藤木が、すぐに自首する気配はなかった。松野が死んだ。それで思い止《とど》まったところがあるのだろう。

「川中の勾留《こうりゅう》延長は、認められるかどうかわからんよ」

「まだ、時間があるでしょう」

「事件の起こった時間の川中の動きと車の動き。それを念入りにチェックしてるとこだがね。どうも川中には、車に屍体《したい》を積むチャンスはなかったみたいだ。会社に出てきてからじゃ、人目がありすぎる」

「松野が死んだことと、それがなにか？」

「吉崎の入院、川中の勾留、松野の死。全部関係ありそうな気がするが、よく整理できんで閉口してる」

「で、私には？」

「一応、川中がいない間の会社の責任者だろう」

「松野は家族がいます。うちからも、人は出しますが」

「二年おきくらいに、キナ臭い匂いが漂《ただよ》う。この街にはな。この間は、島岡《しまおか》組と川中とどこかの会社が、三つ巴《どもえ》になって争った。その時、君はこの街にいたんだよな」

「ほかにも絡んでましたよ。市長がそうだ」

初老の刑事が、ゆっくりと頷いた。煙草の灰が落ちそうになり、左手を添えてそっと灰皿に持っていった。

「この間と同じ匂いがする。この間は、警察庁から警部がひとり出向してきてたが。今度は、専従《せんじゅう》でやろうという人間はいない」

「昔話をしにみえたんですか。それなら、私は相手として適当じゃありませんね」

「どうせここへは流れ着いただけだ。そんな科白《せりふ》でも吐きそうだね」

「まさしく、そういうことで」

　藤木が笑った。

「県警じゃ、事を丸く収めたいというのが上部の方針でね。どう丸くなるか。それだと俺は思ってる」

「私に関係ないことです」

　初老の刑事は、煙草をフィルターの根もとまで喫《す》った。若い方は黙ったままだ。

「刑事さん、お名前は？」

「光岡《みつおか》。一応、警部の肩書《かたがき》はついてるよ」

「憶えておきます」

　刑事が立ちあがった。藤木は、ちょっと頭を下げただけで、送りに立とうともしなかった。

「吉崎、死ななかったみたいですね」

「死ぬさ」

　藤木は、明るい窓の方に眼をやっていた。

「死ぬように刺した」

「しかし、松野さんがな……」

「運だな、これは。俺が一日早く吉崎を殺ってれば、こうはならなかった」

「警察へ行くの、中止ですか？」

「松野さんがいない。とすりゃ、俺とおまえだけじゃないか」

「社長、出てきますよ」

「わかってる。事件が起こった時間にあの車を使ってたのは、松野なんだからな。キーは三組用意してあって、どうにでもなる。そこまで、警察は調べあげているだろう」

「なぜ、松野さんは？」

「俺と話し合って、そうすると決めた。できるだけ長く、社長にはブタ箱《ばこ》にいて貰う」

「その間に、危《ヤバ》いことは全部片づけてしまう。涙が出るほどいい社員だな」

「以前のあの人を、おまえは知らん」

「わかるような気はしますがね」

「走りはじめりゃ、止まらん男だ。俺は好きだがね」

「気性は合うな。いつも圧倒《あっとう》されてたけど、時々そう思いましたよ」

「あの人を、嫌うやつはそんなにいない。俺とは違うのさ。人には、それぞれ役割ってものがあると、俺は最近思いはじめてる」

「社長、時々遠出してたでしょう。夜中に、何度か『レナ』に寄りましたよ。かなり長く走ってきたって感じだったな」

「南川の資金の出所さ。それを調査していた。名古屋らしいというところまで突き止めて、何度か調査に出かけたはずだよ」

「そうですか。俺は女にでも会いに行ってるのかと思ってた」

俺の冗談に、藤木は反応しなかった。

22　人生

宇野が店に現われたのは、火曜の十一時すぎだった。

松野は、結局自殺として扱われたようだった。昼間、会社の事務の連中が、四、五人行ったはずだ。

藤木と俺は、行かなかった。

「藤木は？」

「さあね、まだですよ」

「ほう、口の利き方が、まともになったじゃないか」

「まともじゃなかったみたいな言い方ですね」

「まともじゃなかったさ。四十年も酒場にいた男みたいでな。それは面白かったが、考えてみりゃ異様な感じだ」

ジャック・ダニエルのストレートを、俺は宇野の前に黙《だま》って置いた。

「御用件は？」

「君は関係ない」

「この間、会ったような気もするんですが」

「さあね。きのうまで俺は熱海にいた。ある男を、二人が襲った。そこを見たがね、胸が悪くなるようだった。どうも血ってやつが苦手でね」

宇野は、相変らずジャック・ダニエルを舐《な》めるだけだ。キドニー。ぴったりの名前だという気がする。ごついキドニー・ブローを食らって、腎臓《じんぞう》が使いものにならなくなった男。

「藤木さん、もう来るはずです」

「君は、帰るのか？」

「いえ。掃除なんて仕事もありますし」

「一時間したら来る。この酒、それまでとっておいてくれないか」

俺は黙って頭を下げた。宇野がスツールを降りた。

「坂井、カウンターはおまえに任せるしかなさそうだな」

宇野の姿が消えると、栗原がそばへ来て言った。松野が死んだことを、この男は喜んでいるだろう。この年齢になっても、ささやかな出世がしてみたいのか。

　客は少なくなっていたが、跡絶《とだ》えるほどではなかった。ほんの数日の間に、ホステスが殺され、バーテンが自殺した。しかも社長は逮捕されている。客が減って当たり前だった。

　十二時に、藤木が姿を見せた。

「帰っていい」

　栗原にむかって言う。不満そうな顔をしたが、栗原はただ頷《うなず》いた。

「宇野さんが見えましたよ。また来るそうです」

　藤木が、しばらく考えるような表情をしていた。

「吉崎のところに、宇野さんがいましたよ」

「俺も、見たさ」

「結局、南川の顧問というより、吉崎とくっついていたんだ、あの人」

「ジン・トニック。一杯作ってくれ」

「めずらしいですね」

「バーテンの腕のテストは、時々やらなくっちゃな」

「ドライ・マティニーじゃないんですか。シェイクしたやつ」

「社長が泣くさ」

　俺は、ジンをトニックウォーターとソーダで割った。トニックウォーターだけだと、大抵は甘すぎると感じる。

栗原が、藤木に丁寧な挨拶《あいさつ》をして出ていった。俺には、チラリと眼《め》をくれただけだ。

「変った爺《じい》さんでしょう」

「そうでもないさ」

「ヒッチハイクみたいなことをしてた。俺がこの街に来た時ですがね」

「ふうん。運転はしないのかな」

「できるって話は聞いてませんね。助手席で、いろいろうるさかったけど」

藤木がジン・トニックを呷《あお》った。なにも言わない。悪くはなかったのだろう。そう思った。まずい酒というやつは、顔に出る。

グラスに注《つ》いだままのジャック・ダニエルを、俺はカウンターに置いた。

「宇野さんのですよ。こうしておくと、ちょっと中座しただけみたいじゃないですか」

言い終らないうちに、宇野が入ってきた。

「俺は、吉崎と川中の仲介《ちゅうかい》はできた」

坐《すわ》るなり、いきなり宇野が言った。

「吉崎の仕事はずっとやっていたんでね。簡単だったたって気がする。吉崎は土地を買いたがっていたんだ。それも川中が儲《もう》けるかたちでね。川中の頑固にも困ったもんさ」

「売りたくないやつには、売らない。社長の性格は御存知でしょう」

「君が飲んでるのは？」

「ジン・トニック」

「俺には、シェイクしたドライ・マティニーだ」

宇野が俺に言った。俺は動かなかった。宇野の肘《ひじ》の下のカウンターを、ダスターで拭《ぬぐ》っただけだ。

「どうした。聞えたのか？」

「ステアのドライ・マティニーでしたら」

「なぜだ？」

「シェイクしたマティニーは、社長だけのものということになっております」

「冗談じゃないぜ。あの飲み方を川中に教えたのは、俺なんだ」

「しかし、いまではうちの社長の飲み物でございまして。自分だけの飲み物を持っている。そういう男が時々いるものですよ。バーテンは、そこでは精一杯の腕をふるいます」

「また、気味の悪い喋《しゃべ》り方《かた》に戻りやがった。わかったよ。川中ってのは、誰だって惚《ほ》れちまう男さ」

「ステアのマティニー、お作りします」

「いや、俺は俺のテネシーウイスキーでいい」

宇野が、チビリとグラスのウイスキーを口に含んだ。藤木が、グラスを振って氷をカチカチと鳴らした。バーテンはあまりこれをやらない。酒が水っぽくなるからだ。宇野も殺《や》る気なのか。しかし、なんのためだ。俺たちの顔を見たからか。顔を見た人間なら、あの場に何人もいた。

「川中は、もうすぐ出てくる。二日か三日。そんなもんだろう」

「やってないとわかれば、すぐに出してもいいんじゃありませんか?」

「警察ってのは、そういうとこさ。せっかく勾留《こうりゅう》したんだ。吐き出すものは吐き出させたいと考えてるお偉方もいる」

「まあ、権力に対して、腹を立てちまったら負けってところはあります。社長だって、そのへんのところは心得ていますがね」

「利口じゃない。利口な振舞いはできん男だよ」

「御用件は?」

「無茶はやるなと頼みにきた。吉崎はもう死ぬよ。いまだって、死んでるようなもんだが。だから、吉崎に関して無茶はやるな」

「私どもが、こうしてることそのものが、無茶なんですがね」

「君のことだ。なにか考えてるとは思ってた。自首するとかね。しかし、ここでじっとしていて貰《もら》いたい。吉崎に関しては、なにも起きないはずだから」

「ほう、宇野さんに、そんなに御心配していただきましたか」

「君らのために言ってるんじゃない」

「社長のため、でもありませんよね」

「俺自身のためさ」

「宇野さんの？」

「詳しく説明はできんが、吉崎の後継者《こうけいしゃ》が二人いる。君らが自首するとしたら、当然、沢田令子、松野貢の殺しが浮かびあがることになる。それで追及《ついきゅう》を受けるのは、二人のうちの片方だけなんだ」

「それが、私どもとなにか？」

「まったく関係ない。だから、俺自身のために頼んでる。二人を、競っている状態でしばらく置いておきたい。競って勝ち抜いた方が、吉崎の後継《あとつぎ》になる。それでも、ずいぶん小型の後継だがね」

「関心ありませんね」

「まあ、そう言うだろうとは思ってた。しかし、吉崎の件に関しては事件にならんよ。病死として処理されることになってる」

「それこそ、無茶な話だ。吉崎も浮かばれませんね」

「自分の人生で理不尽な力を持ってしまった男の死は、やっぱり理不尽に処理されるもんだ」

宇野がちょっと笑い、ジャック・ダニエルを口に含んだ。

藤木が、またグラスを振って氷をカチカチと鳴らした。グラスの中に、煙草《たばこ》の灰がひとつ落ちている。それを気にしてのようだった。俺は、新しいグラスにジン・トニックを作って藤木の前に置き、古いグラスはひっこめた。光に翳《かざ》して見あげると、それは氷の中に入った空気の玉のようにも思えた。

「二人とも、俺と変らん年齢《とし》でね。俺は後見人って立場になる。どちらが勝ち抜こうと構わんが、沢田、松野の殺しが追及されることになれば、ひとりだけが吉崎のマイナスの遺産を引き継ぐことになっちまう」

「宇野さん自身が、吉崎のようになろうとしているんじゃないんですか。私にはそんなふうにも見えますよ」

「川中はどんどん大きくなっていく。見ていて圧倒《あっとう》されるくらいだ。俺は一介《いっかい》の弁護士にすぎん。やつほど、好かれることもないしな」

「お躰《からだ》と、相談なさりながらの方がよろしいんじゃないですか」

「生きたい、と思ってりゃそうさ」

「よしてくださいよ」

「君も川中も、俺と似ている。ただ、生きたいと思わなくても、躰の方が生きすぎるくらい生きちまう。それはそれで、結構つらいことなんじゃないかと、最近思うようになった」

「社長はね、そうかもしれません。私は、ただの半端者《はんぱもん》ですよ」

「俺は羨《うらや》ましいね。似ている男がそばにいるってことが」

「社長には迷惑なことでしょう」

「つまらん話だったのかな」

「約束できることが、ひとつだけありますよ、宇野さん。社長が出てくるまで、私はここにいます。坂井は、坂井の意志によって動くでしょうが」

俺は黙っていた。洗って乾《かわ》いたグラスを、音をたてて磨いた。この街へやってきたのは、川中と藤木を殺すためだ。殺したあと、どうなるか、大して考えてもいなかった。運が悪ければ、また刑務所ということになる。運がよければ、人殺しという行為が職業になる。そして、いつか誰かに殺される。

つまらない人生だとは思わなかった。そういうことを考えて、人間は生きていない。死ぬ時に、なにか考える。ただ、考えるだけだ。死ぬというのは、そういうことではないのか。

グラスが、キュッキュッと気持のいい音をたてた。この音が、俺は好きだった。磨きあげたグラスに、自分の作った酒を注ぐ。いいものだ。人生というやつは、好きだと思えるものがひとつか二つあれば、それで充実しているのではないか。

「こいつは、沢田令子を好きでしてね」

「なるほどな。君がここへ現われた時とそっくりじゃないか。因果はめぐるってやつか」

「こいつの気持、なんとなくわかります。半分は人生を終った老人のようで、残りの半分は少年のままなんです」

「俺も君も川中も、考えてみりゃ惚れた女に死なれたんだ。俺と川中は、同じ女に惚れちまってたがね」

一年半前に、この街でなにかがあった。何期も市長をやっていた男が、逮捕されて失《しっ》脚《きゃく》するような事件だ。人も死んだ。実の弟と惚れた女を死なせた、と川中は言っていた。どうでもいいことだった。それは一年半前のことで、溶けてしまった氷のようなものだ。俺にとって、昔というのはそういうものだった。そうだと、思いこもうとしてきた。

「沢田令子ってのの、いい女だったたか？」

口調は冗談のようだったが、宇野の眼は笑っていなかった。

「いい女、でした」

「抱いてみてか？」

「抱いてみても」

「そりゃ悪いことじゃない。運がよかったと言ってもいいぜ」

「抱いたことがですか？」

「そういう女に会ったってことがさ」

「そんなもんですか」

「ああ、そんなもんさ」

宇野が、パイプを出して火を入れた。香りのいい濃い煙が、俺の方へ流れてきた。藤木が軽い咳《せき》をする。パイプの煙は、あまり好きではないようだった。

23　雨

糖尿病《とうにょうびょう》で入院中の吉崎が、心不全で死んだという新聞記事が出たのは、水曜日だった。小さな死亡欄《らん》だった。死んだのは、火曜日の夕方だったらしい。

その日の午後、川中が釈放された。

川中が、警察を出たその足で『レナ』にやってきたことで、俺はそれを知った。不精髭《ぶしょうひげ》で顔を包み、ちょっと肥《ふと》ったようで、着ているものはさっぱりしていた。

「よう、坂井」

口調も、まったく変っていない。

俺はカウンターへ入り、ひとつだけ磨きあげて置いてあるカクテルグラスに、シェイクしたドライ・マティニーを作った。

「無茶やったそうだな。キドニーから聞いた」

川中は、ドライ・マティニーを無表情にふた口で空けた。

「キドニーと呼ぶんですか、宇野さんを？」

「俺が進呈《しんてい》したニックネームさ」

「だけど」

「キドニーと呼ぶのが、やっぱりぴったりくる。しばらく呼ぶのをやめてたんだが」

「なら、いいです」

「キドニーは、いつだってキドニーさ。人生を拗《す》ねてるわけでもない。あんな生き方しかできん男だ」

「キドニー・ブローってのは、結構効くもんですね」

「あいつはいい。問題は藤木だ」

「社長が出てきたんで、自首すると思いますよ、あの人」

「そういう男だ。だから、最初におまえに会いにきた。俺にとっちゃ、友だちが一番大事さ。友だちを、ギリギリのところへ追いつめるのは、男のやることじゃないと思ってる。躰《からだ》を張るか裏切るか。それを選択させるのは友情じゃない」

「させられたんじゃない。あの人は、自分で選んだんですよ。俺も、そうです」

「わかってる。しかし、俺があそうですかと頷《うなず》いていられると思うか？」

「ま、それもできないでしょう」

「熱海の吉崎は、病気で死んだそうだ。あそこに集まってた連中の半分は、まだ居残ってる。もう半分に減るだろう、とキドニーは言ってた。それを、キドニーがまとめるそうだ。後継者が決まるまでな」

「吉崎というの、どういうやつだったんですか？」

「それも知らんで藤木にくっついていったか。おまえも、度《ど》し難《がた》い男だよ」

「藤木さんが行くと決めた。それだけで充分でした、あの時は」

「ゴミだな、吉崎は。人間の社会ってのは、時々そんなゴミを生む」

「宇野さんは、そんなゴミをまた作ろうってわけですか」

「自分が悪いと思いこみたい。そんなガキがよくいるだろう。キドニーはその口だ。あの男も、腎《じん》移植でも受ければ変るんだろうがね。賭《か》けようって気持がどうしても出てこないようだ」

「宇野さんとの仲、戻ったんですか？」

「仲違《なかたが》いしてたわけじゃない。離れちまっただけさ。一度離れたら、また簡単に近づけるってわけじゃない。お互い、器用な生き方はしてこなかった方だからな。ひとつだけ言われたよ。キドニーってニックネームを進呈した責任を取れってな。だから、またキドニーと呼ぶことにした」

「もう一杯、作ります？」

「いいな。留置場じゃ酒は飲ませて貰えなかった。躰を休めることにゃなったがね」

「肥《や》りましたよ」

「すぐに瘦せるさ。おまえとの殴り合いがこたえてね。実を言うと二日ばかり食事ものどを通らなかった。それの反動で、食いたいだけ食っちまったから」

「俺も、こたえました」

「言うほどこたえちゃいないな。若いってのはいいもんさ」

二杯目のドライ・マティニーをグラスに注いだ。カクテルグラスがひとつしかないのが、バーテンとしては気になるところだ。

「どうすれば、藤木を止められると思う」

「決めたら、その通りやる人だからな」

「おまえは、ついていくつもりか？」

「俺は俺ですよ。藤木さんが行けば、俺が行かないのは卑怯《ひきょう》だと思うし」

「禁止する。いいな、藤木についていくことは禁止だ。おまえに貸しがあったのを、いま思い出したよ」

「言われた通りにしますよ」

「藤木も、おまえが止めろ。躰でも張りゃ、止められんことはあるまい」

「全部終ったってわけじゃないからな。俺がブタ箱にいる間、おまえらが散々かき回しやがった。それをどこかで終らせなきゃならんよ」

煙草に火をつけ、俺は小窓を開けた。波の音。ふと、令子を思い出した。死んじまった女のことだ。自分に言い聞かせる。波の音を聞くたびに、令子を思い出すのはごめんだった。

「この街には、佐々木組ってのがありますが、吉崎はそこの連中を使っていたんですか？」

「いや。佐々木組ってのは、前は島岡組といってた。大幹部に佐々木ってのがいてな。いまの組長は、そいつの弟だよ。兄貴の方とは、俺もやり合ったことがあるが」

「南川は使ってたみたいですが」

「やつらは、街の生んだゴミみたいなもんだが、俺たちのような商売とは持ちつ持たれつなんだ。もっとも、俺はあそこにカスリなんか払ったことはない。だから、南川と組んでいやがらせをする可能性はある。南川は、たっぷりカスリを出してるそうだし」

「中原組ってのは？」

「そりゃ、藤木がいたとこだ」

「知ってますよ。鉄砲玉が何人か飛んできたんですか？」

「俺が知ってるかぎりじゃ、二人組が一度。それからおまえさ」

「自分だけで片づけたのが、いくつかあるかもしれないな」

「どうだろうな。藤木は、ここ半年でやっと変りはじめた。俺の眼にはそう見えた。それがまた、元に戻ったってわけだ」

静かな生活というのは、恐しいものだ。藤木は、そう言っていた。確かに、生活というやつは人間を変える。俺は二度、変った。高沢の店に勤めはじめた時、刑務所に入った時。そしていま、また変ろうとしているのか。

「藤木は、おまえに任せるからな、坂井。俺はいまも藤木を必要としてる」

「どうして、自分で言わないんです？」

「言葉ってやつが、人を動かすんじゃない。いま俺には、言葉しかないのさ」

二杯目のマティニーを、川中はゆっくりと空けた。俺は、ポルシェのキーをカウンターに置いた。川中が腰をあげ、ポルシェのキーを摑《つか》んだ。

「ここ、使いものになるかな」

出際《でぎわ》に、川中は店を見渡してそう言った。なると思ったが、俺は黙っていた。いまは、俺のねぐらなのだ。

藤木は部屋にいた。

川中が戻ってきたことだけを、俺は伝えた。藤木が頷いた。

「吉崎は、やっぱり病死ってことらしいです。宇野さんが、吉崎のとこの連中をまとめてるそうです」

「だから？」

「病死で、事件にゃなってないってことですよ」

「知ってるさ」

「それでも、自首しちまうんですか？」

「人の気持を、見透したようなことを言うじゃないか」

「馬鹿げた話だと思ってね」

「俺が自首することと、それがなんの関係がある。俺は吉崎を殺《や》った。間違《まちが》いなく殺った。それは、どう事件が扱われようと、変らんことだ」

「社長、これから勝負するつもりですよ」

「あの人は勝つさ。俺がいる方が、かえって邪魔なくらいだろう」

藤木が煙草をくわえた。俺は、きれいに刈《か》りあげられた藤木の頭に眼をやった。やくざ者として見れば、そうも見える。まっとうな勤め人としては、いつも表情を殺し過ぎている。それが、ふとした時に凄味《すごみ》になってしまうのだ。

俺は、藤木に断らずにキッチンへ行き、ジン・トニックを二杯作った。

「宇野さんのこと、キドニーって呼びはじめてましたよ」

俺は、ジン・トニックをひとつ藤木の前に置いた。藤木はグラスにちょっと眼をくれ、ものうそうに手を伸ばした。氷が、かすかな音をたてる。

「松野のこと、なにか言ってたか?」

「なにも」

「ひと言もか?」

「気になったけど、俺の方からはなにも言わなかった。社長は、藤木さんのことだけ喋ってましたよ」

「自分でやるつもりだ」

藤木が、ちょっと荒っぽく煙草を消した。どうすれば藤木を警察にいかせないで済むか。俺はそれだけを考えていた。

藤木のような男が、一度決めた。誰が止めようと、無駄というものだろう。藤木を刺してしばらく動けないようにする。その自信もなかった。匕首《ドス》で襲いかかっても、簡単にかわされそうな気がする。

「ひとつ、訊《き》いてもいいですか?」

「俺のいた組のことか?」

「そうです」

「いつか、訊かれるだろうと思ってた。そこが、社長とおまえの違うとこだな。社長は、

「一度も訊いたことがない」

「知りたくはなかったのかな」

「関係ないのさ、あの人にゃ」

「中原組って名前は知ってましたよ」

「ほかのやつらが耳に入れたことはな。俺が訊かれたことはない」

藤木が、ジン・トニックを口に運んだ。白いワイシャツの上に、グレーのカーディガンをひっかけている。タキシードで隠されている部分が、どこからかはみ出していた。藤木の躰に刻みこまれた傷を、俺は思い出した。川中の躰にも、刃物の傷がいくつかあった。俺はそれを、はじめて川中の部屋に連れていかれた時に見た。

もう決めている。そう思った。俺に、藤木を止められるはずはない。

煙草に火をつけた。腰をあげ、窓際に立った。いい天気ではなかった。いつ落ちてくるかわからないような空模様だ。寒い季節は、終っていた。いや、この地方にほんとうに寒い季節というのはないのかもしれない。ほぼひと月近く、俺はコートもなく過ごしてきたが、なんでもなかった。

「親兄弟を、殺したくて殺すと思うか？」

組の親分や兄弟分のことだろう、と俺は思った。

「だけど殺しちまった。そうしなけりゃならなかったんだ。それから、この街で待ってたよ」

「誰かが殺しに来るのを?」

「大したやつらは来なかった。黙って殺されるくらいなら、はじめから逃げはしない。俺がむかっていくと、腰が砕《くだ》けちまうような連中しか来なかった」

「なぜ、殺したんです?」

「教えてもいいがな。いまじゃ、あの時の怒りが嘘《うそ》みたいにも思える」

俺は、窓際からソファに戻り、自分のジン・トニックを口に入れた。あまりうまくできていない。トニックウォーターが少なすぎて、ただのソーダ割りのようになっていた。

「なにも、訊きたくないです。どこへも行かないでくれってことだけ、頼みたいですよ」

「行かんさ」

「嘘だな。俺も一緒に行っちまいますよ」

「社長に、命を預けてるんじゃないのか。おまえひとりの勝手にできることじゃないぜ」

「藤木さんだけを行かせる。残った俺はどういうことになるんです?」

「困らせるなよ」

俺は、ジン・ソーダを飲み干した。

「いつ?」

「わからん」

「事が終ってからにしてください。俺ひとりで、とても社長は守りきれねえや」

「自分でなんでもやる人だ。頭の蠅《はえ》を追うくらい、ひとりでやるさ」

「止めるって言ったんですよ。躰を張っても止めるってね」

「無駄なこと、やめておけよ。おまえにだって、俺という人間はわかってるはずだ」

「松野さん、殺《や》られっ放しですか？」

「それも、社長が片づける」

藤木が、ふっと外を見た。雨が落ちはじめていることに、俺は気づいた。

24　貨物船

タキシードを着て、藤木が出てきた。

俺は、外の路地からマンションの出口を窺《うかが》っていた。雨は大してひどくない。駐車場の車に乗りこもうとした藤木が、タイヤを覗《のぞ》きこんだ。パンク。前輪の右と後輪の左。すぐには直しようがないはずだ。念のために、排気《はいき》バルブの奥に濡《ぬ》れた土を押しこんである。棒でしっかりと押しこんだから、簡単には取れないはずだ。

車に乗ることを、藤木はあっさりと諦《あきら》めた。流しのタクシーが、それほどいるところではなかった。雨の中を歩きはじめた藤木の後ろ姿を、俺は路地に身を隠したまま見送った。

距離をとる。五十メートル。路地から出て、俺は同じ方向に歩きはじめた。

すぐに警察へ行く気はないだろう。そう思っていたが、間違ってはいなかったようだ。

藤木の足は、シティホテルの方へむかっていた。

歩くと結構な距離だった。シャツが濡れてきたのが、雨のせいか汗のせいかよくわからなかった。

藤木が、シティホテルに入っていった。

M重工の関根。このホテルに泊っていたはずだ。東京の大企業から出張してきた人間は、ほとんどここへ泊る。

俺は、ホテルの外で待っていた。五分ほど待っただけだ。ホテルマンとしか思えないような恰好《かっこう》で、藤木が玄関から出てきた。玄関で客待ちをしているタクシーに乗りこむ。

そのタクシーが、五十メートルほど走って停《と》まった。もの蔭《かげ》から飛び出すタイミングが早すぎた。藤木は、ミラーで俺の姿を見たのかもしれない。

「乗れよ、坂井」

窓から顔を出した藤木が、無表情に言った。俺は小走りにタクシーに駈《か》けこんだ。

「車、おまえだな」

「まあ、足を奪《うば》うところからはじめようと思って」

「余計な真似《まね》だ、と言うのも馬鹿げてるか。なにがなんでも、俺の邪魔をしようという気らしいな」

「考えたんですよ」

俺が煙草に火をつけると、運転手が舌打ちをした。俺はシートを蹴《け》りあげた。

「客に舌打ちたあ、なんて真似だ」

「よせ、坂井」

「急ブレーキでもかけてみろ。てめえの頭を煙草の火でチリチリにしてやるからな」

運転手が首を縮めた。

「ほんとのところ、どうすりゃいいかわからなくてね。いろいろ考えたんですよ。熱海のことだけじゃ、警察《サツ》は取り合わねえかもしれねえ。つまり藤木さんは、松野さんの落とし前をつけてから警察《サツ》に行くだろうってね」

「それで、おまえはどうする気なんだ？」

「ついていきますよ。俺も大暴れをする。それで手錠《ワッパ》ぶちこまれても、自首したことにゃならねえでしょう」

「つまらんことに知恵を絞《しぼ》ったな」

「松野さんの落とし前、やっぱりつけるつもりでしょう？」

「俺が早いとこ片づけなけりゃ、社長がやっちまう。そういう男なんだ、あの人は。熱海のことは、宇野さんと取り引きしたんだと思う」

「取り引き？」

「なにもなかったってことにしたわけさ。条件は多分、宇野さんをまたキドニーと呼ぶってことだ」

「まさか。ガキの取り引きみたいだ」

「そんなところはある。社長にも宇野さんにもな。俺がこのまま警察へ駈《か》けこんでも、相手にしちゃ貰えないだろう。関根の屍体《したい》でも担いでいけば、いくらなんでも、なにもなかったってわけにゃいかんだろうが？」

タクシーは、N港の方へむかっていた。関根がそこにいるという話をホテルで聞きこんだのか。この街へやってきて、最初に行ったのがN港だった。

「関根がホテルにいないってこと、おまえは知ってたのか？」

「電話して、確かめときましたよ。空振りで出てくるのを、外で待ってたんです」

藤木が苦笑した。俺は煙草を消して窓ガラスを降ろした。さすがに、車内に煙が籠《こも》っている。

「助かりました」

運転手が小声で言った。

「あたしは、喘息《ぜんそく》がひどくて」

「済みません。若造で、威勢《いせい》よくする場所をいつも間違えちまうやつでね」

「別に威勢よくしたわけじゃないです。煙草が困るなら、はじめからそう言やいい。灰皿だって、取りはずしとくべきなんです。それを舌打ちなんかするから」

N港に入っていった。

倉庫の間を抜け、黒い船体の貨物船の前で車を停めた。千円渡して、釣りはいらないと言っている。

「この船に、関根が？」

「N港の貨物船といや、これだけだろう」

丸太を降ろしていた。下にはトラックが待っていて、十人ほどが作業をしている。

丸太というのが、M重工にどういう関係があるのかわからなかった。同じことを考えたのか、藤木も首を傾《かし》げている。

「この船、M重工の荷を積んでるのかね？」

作業をしていた男のひとりをつかまえて、藤木が訊いた。

「M重工？　知らねえな」

「N港に入ってる船といえば、これだけだろう？」

「あそこに、もう一隻《せき》いるよ」

男が軍手の指で沖の方を指した。波止場のむこう側に、貨物船が一隻錨《いかり》を降ろしている。

「荷役は？」

「知らねえが、沖待ちじゃねえのか。この船は、もうすぐ終る。その後に、多分あれが入ってくるんだ」

「あと、どれぐらいかかる？」

「なんだね、あんたら？」

「沖の船に、知り合いが乗ってる。会いに来たんだよ」

「今日は無理だね。明日の朝早く、こいつが出る。それからじゃなきゃ、会えねえはずだよ。ボートであそこまで行きゃ別だが」

藤木がちょっと頭を下げた。

俺たちは、防波堤《ぼうはてい》のはなまで歩いていった。そこに立っても、沖の船はいっこうに近くには見えなかった。

「泳ぐわけにゃいきませんね。関根は、多分ボートかなにかであそこに行ったんでしょう。あの船にいるとしたらね」

藤木は、黙って沖に眼をやっていた。

「助かったな、これで。俺もゆっくり作戦を練ることができますよ。実際のところ、いきなり藤木さんと関根が会っちまったら、どうしようと思ってたんです」

沖の船は、グレーの船体で、居住区《ハウス》部分だけが白だった。二、三万トンはありそうな船だ。五万トンの船が入港できる埠頭《ふとう》ができたばかりだという話は、どこかで聞いた。多分、客同士の話だ。第二次工場誘致計画というのも、よく店で耳にした。いま郊外にある工場は、第一次の計画で進出してきたものらしい。第二次も同程度の規模で、それが終るころは人口が二十五万を越え、三十万に近づいているだろうという話だった。何年後に終るのかは知らない。

「ひとつ、訊いてもいいですか?」

「なんだ?」

「なぜ、関根と会うのを急いだんです?」

「社長に、会いたくなかった」

「嫌ってるみたいですね」

「不思議な人だ。巻きこまれて、俺はまた『ブラディ・ドール』のマネージャーを続けることになるって気がしてな」

「怕《こわ》かったんだ、つまるところ」

「忘れたらしいな」

「なにをです?」

「熱海で、腹に一発食らわしてやったろう」

「ありゃ、ひでえや。吉崎とやり合う時に立てなかったら、どうする気だったんです」

「そのつもりでやったのに、思った以上に頑丈《がんじょう》なやつだったよ」

「こたえましたよ。そういえばあの時も、怕がってるなんて言いましたっけ」

「俺の嫌いな言葉さ」

「憶《おぼ》えときますよ。だけど、藤木さんらしくねえな。怕いことは怕いと、はっきり言うような人だと思ってたんですがね」

「俺は、臆病《おくびょう》なんだ。半端者《はんぱもん》の世界に入ったのも、その裏返しみたいなもんさ」

「命知らずってのが、時々いる。やつら、ひとつのことしか考えてないんですよね。ベンツが欲しいと思ったら、それだけ毎日考えてる。女が欲しい、金が欲しい。みんな同じだな。道が一本しかねえんだ。もっとも、下っ端の話で、上の方はどうだか知りませんけどね」

「刑務所《なか》で、筋者《すじもん》と一緒だったのか？」

「どの房《ぼう》にも、ひとりか二人はいるもんでしょう」

「幹部連中だって、考えることはひとつさ。のしあがりたい。それだけだな。死にたくないと思ってるのも時にはいるが」

藤木が煙草をくわえ、ジッポで火をつけた。風の中でも着火するライター。店で使うような代物ではない。

雨が、いつの間にか霧のようなものに変っていた。こういうぐずついた空が、しばらく続くのかもしれない。そして、晴れると緑がいっせいに芽をふきはじめる。

俺も煙草に火をつけようとした。マッチを三本束ねても、うまくつかなかった。藤木が、ジッポを放《ほう》ってきた。ありふれたジッポだが、年季が入っている。表面が疵《きず》だらけだった。蓋《ふた》を撥《は》ねあげる感じも、音もいい。

「やるよ。とっとけってほどのものじゃないが」

俺が返そうとすると、藤木が言った。俺は、掌《て》の中のジッポにしばらく眼をやっていた。

「意味が、あるんですか？」

「別にない。気にせずに貰えるものってのも、あっていいだろう」

「使いこんであるな」

「もうジッポを使う歳《とし》でもなくなった。いま、ふっとそんな気がしたよ」

「なにを使うんですか、これから？」

「煙草をやめるさ。肺ガンを気にしなきゃならん歳でもないが」

「どうも」

それだけ言って、俺はジッポをポケットに突っこんだ。ジッポは、俺の掌になにか伝えた。藤木の意志のようなもの。どこをどうやったところで、自分の道はひとつしかないじゃないか。四角い金属の塊が、俺にそう伝えてくる。

どこかで、藤木を止められるのではないか、と思っていた。藤木は、やるべきことを頭で考えているだけだ。そこで俺が躰を張れば。そういう気は確かにあった。簡単だとは思わなかったが、藤木には通じるはずだ。

決めたことだからな。藤木には不要になった、ジッポのライターがそう言っている。

「大事にしますよ」

「御大層《ごたいそう》なもんじゃない」

「何年も使いこんだやつでしょう?」

「四年。そのくらいかな」

藤木は、まだ沖に眼をやっている。吐いた煙が、埠頭《ふとう》の方へ吹き飛ばされていた。

「社長は、多分待ってくれると思いますよ」

五年。いや、十年か十五年。それくらいの覚悟はしているのか。十五年食らいこめば、出所《で》てくるのは、俺が四十近くになったころだ。

「人ってのは、それぞれ最初《はな》から道を持ってるもんだ。俺の道がこれさ。N市じゃ、ちょっとばかり道草を食うことになってた」

「待ってくれますよ、社長は」

「待たれるってのも、気が重いもんさ。いつか、おまえにもわかる」

「友だちってのも、つらいもんですね」

「出所《で》てきてすぐに、刑務所《なか》に舞い戻っても不思議はなかった。N市に来たんで、こういうことになっちまったんだ」

「中原組のあれ、藤木さんが出所《で》てきてすぐのことだったんですか？」

「三か月だったかな」

藤木が、かすかにほほえんだ。

夕方だった。まだ陽《ひ》は落ちていないが、肌寒くなりはじめている。

「見ろ」

藤木が低い声を出した。俺は沖に眼をやった。貨物船のむこう側から、モータークルーザーが飛び出してきた。

「社長の船じゃないですか、あれ」

「そうだ」

「逃げてるみたいだな。それにしても、どこから近づいてきたんだろう」

「沖からだ。一直線に突っ走ってきたって感じだな」

クルーザーが百メートルほど離れた時、貨物船で爆発が起きた。大して大きな爆発ではなかった。ダイナマイトかなにかだ。

爆発は一度きりだった。貨物船の被害《ひがい》が、どれほどなのかはわからない。船員が甲板《かんぱん》に飛び出してきたのが見えた。火は出ていないようだ。

貨物船の裏側から、小さなモーターボートが飛び出してきて、クルーザーを追った。二隻《せき》いて、四、五人乗っているようだ。

「車だ、坂井。走るもんならなんでもいい」

「といったって」

「社長が追われてる。ランナバウトの方が、クルーザーより速いぞ」

「待ってくださいよ」

埠頭《ふとう》の方へ走った。赤いヘルメットに、黒いレザーのつなぎを着た男が、防波堤《ぼうはてい》をバイクで走ってきた。

おあつらえむきだ。俺はバイクの前に立ち塞《ふさ》がった。後ろには、ヘルメットから髪をはみ出させた女を乗せている。

「貸しな」

「なんだって？」

「バイク。あとで礼をつけて返してやるからよ」

「馬鹿言うな。なんだ、おまえ」

俺は、男のヘルメットを狙《ねら》ってまわし蹴りをかました。男の躰が横に吹っ飛んだ。悲鳴をあげて、女がバイクと一緒に倒れた。

「後ろへ、藤木さん」

藤木が、後ろに飛び乗ってくる。エンジンを一度ふかし、スロットルを開いた。防波堤に腰を落としたままの二人の姿が、ミラーの中に遠ざかっていく。

二百五十の、いいオートバイだった。埠頭をすごい勢いで突き抜け、海沿いの道に出た。百二十。スピードメーターの針はそのあたりをふれ動いている。

「飛ばせ」

叫んだ藤木の声は、風に吹き飛ばされて切れぎれだった。ギアを五速に入れ、スロットルを開く。エンジンが唸《うな》った。

ちらりと、海に眼をやる。クルーザーもモーターボートも見えなかった。

「坂井、急げ」

「急いでますよ」

言ったが、聞えたかどうかわからなかった。百四十。オートバイの経験は、ほとんどないといってよかった。ゼロ半に、一年ばかり乗っていただけだ。いくら走っても、五十を超《こ》えればいいところだった。

「見えた」

藤木の声。海に、白波が三つ見えた。最初のひとつと、追う二つ。距離まではっきり見定めることはできない。スロットル。百五十のあたりまで、針があがった。四台の乗用車を、対向車の跡切《とぎ》れた瞬間を狙ってごぼう抜きにする。カーブ。車体が傾いた。ぎりぎりだ。そう躰が感じている。膝《ひざ》が路面を擦《こす》りそうな気がした。コーナーを抜けた。体勢を持ち直したかと思うと、また次のカーブだった。

クルーザーのスピードは、百五十キロはないだろう。それでも直線を走っている。海沿いのカーブばかりの道より、はるかに距離は少ないはずだ。

対向車。カーブに入ったところで、俺は対向車線に入っていた。クラクション。構わず、道路の右端を走り抜けた。

クルーザーもモーターボートも、また見えなくなっている。カーブ。コーナーぎりぎりに切りこんでいく。一度、ポルシェで突っ走った道だ。カーブの角度は、躰が覚えているようだった。

「飛ばせよ、坂井」

腰につかまっている藤木の手に、力が籠《こ》められた。またカーブ。対向車線から切りこみ対向車線へ抜ける。カーブの角度を少なくすることができる。対向車が来ていない場合はだ。

「ヨットハーバーだ。多分、そこへむかってるはずだ」

方向としては、そうだった。前傾《ぜんけい》姿勢で、俺は上眼《うわめ》使いに前方を見ていた。ハンドルを押すような気分になった。

「見えた。かなり離されてるぞ」

白波は、右前方の海上にあった。さらにスロットルを開いた。百六十。限界を超えている。運を天に任せるしかなかった。そのままのスピードで、緩いカーブに切りこんだ。対向車。トレーラートラックだ。車線一杯だった。断続的にブレーキをかけながら、俺は左車線に突っこんでいった。スピードを落としきれなかった。道路脇の松林の中に飛びこんだ。バイクがジャンプする。ぶつかりそうになる幹をかわすので精一杯だ。砂地のところで、ようやくバイクは停まった。

「ヨットハーバーだ。急げよ」

俺は道路にバイクを押し出した。

エンジンをかけ、またスピードをあげていく。クルーザーはもう見えなかった。ヨットハーバーが近づいてきた。枝を落としてしまった林のような、ヨットのマストが見えた。モータークルーザーも、同じくらいの数がいるはずだ。

「見ろ」

クルーザーが、船つき場のそばの海面で揺れていた。桟橋《さんばし》へつけたが、繋《つな》ぐ暇はなかったのかもしれない。モーターボートもある。

「社長も連中も上陸《あが》ってるぞ」

ワインレッドのポルシェが、ハーバーのクラブハウスの前にいた。ポルシェに飛び乗る暇もなかったようだ。

オートバイを停めた。

「どこだ?」

クラブハウスの前に立っている、二人の青年にむかって藤木が叫んだ。

「どっちに行った？」

青年が、裏手の山の方を指さした。俺は、そちらへバイクをむけた。

25　賭《か》け

銃声が聞えた。

それほど遠くない。俺は松林の中の道路を走っていた。

「山に逃げこむ気だ。坂井、後ろから蹴散《けち》らしてやれ」

「しかし」

「銃が怕《こわ》いのか？」

「バイクで保《も》つかどうか。連中、道路からはずれてますよ。このまま道を登っていって、上から社長に合流した方がいいかもしれない」

「駄目だ。バイクに三人は乗れんよ」

「藤木さんか俺が残りゃいい」

「そんな真似をさせると思うのか、あの石頭が。自分が残るに決まってる」

「石頭ね。そいつはいいや」

道路をはずれた。松の根で、バイクが激しくバウンドした。人影が見えた。ひとつ。川中ではなかった。

その人影にむかって、俺は突っ走った。後ろ姿。ふりむいたところを、ハンドルでひっかけた。男が吹っ飛ぶ。体勢を立て直し、さらに登った。松の幹が入り組んできた。下生《したば》えの灌木《かんぼく》も増えている。

「あそこだ」

樹間に、四、五人の人影を藤木が見つけた。真直《まっす》ぐには突っ走れなかった。銃声。弾が飛んできて、すぐ脇の松の幹に弾《はじ》けるような音をたてて食いこんだ。

俺はクラクションを鳴らし続けた。川中には、俺たちが来たことがわかるだろう。連中も、後ろを気にせずにはいられない。

樹間《じゅかん》のあいたところを、突っ走った。そうやって、少しずつ近づいていく。

「降ろせ」

俺の腰につかまっていた藤木が言った。俺はバイクを停めた。藤木が、右膝《ひざ》を立てた恰好で、拳銃《けんじゅう》を構えた。両手でしっかりと握って、肘《ひじ》を立てた膝の上で固定している。

銃声。藤木が舌打ちをした。

「木が邪魔だ」

「撃ち続けてくださいよ。連中を牽制《けんせい》することにはなる」

「弾がない」

「あと、何発？」

「二発だな」

「近づきましょう」

オートバイは捨てた。這《は》うようにして登っていく俺たちの姿が、連中には見えているはずだ。川中にも、見えているだろうか。

「この上に道路がある」

藤木が言った。かすかに、息遣《いきづか》いが喘《あえ》ぐように聞えた。左腕の傷は、まだ完全に塞《ふさ》がってはいないだろう。

「道路に出ると、見通しがよくなるぞ。連中に有利だ」

「その上は？」

「雑木林だ。木が入り組んでて、ちょっと入るのは無理だろう」

急いだ。連中の後ろを迂回《うかい》するようにして、さきに道路に出るしかないのか。

時折、弾が飛んできた。すべて木の幹に食いこんでいる。

「そこだ」

藤木が叫んだ。

俺は道路に飛び出した。連中も出てきたところだった。藤木が、続けて二発発射した。

拳銃を草むらに投げ捨てる。

連中は、二発銃声を聞いて路上に這《は》いつくばっていた。川中はどこだ。捜した。坂道を、上にむかって走っていることは確かだろう。できるだけ、連中を引きつけておくことだ。

「動くな。頭を吹っ飛ばすぞ」

立ちあがりかけた連中が、また路面に伏せた。しばらく時間があって、返事のように弾が返ってきた。

「動くな。撃つのをやめろ」

もう一度、叫んだ。

また弾の返事だった。これ以上やると、こちらに弾がないことを教えるようなものだった。人数を数えた。六人。林の中で撥《は》ね飛ばした男を入れると、七人。こちらは三人で、しかも銃はない。

いきなり、藤木が立ちあがって飛び出しそうになった。俺は、とっさに藤木の腰に飛びついた。二人で、路上に倒れこんだ。揉《も》み合う。二、三発食らったが、俺はむしゃぶりついた腕の力を緩めなかった。

「邪魔しやがって。見ろ、連中走りはじめてるぞ」

俺は手を放して立ちあがった。走る。連中は時々ふりむき、銃口をむけてきた。当たる距離ではないようだ。走った。どれくらいの時間、走り続けているのかわからなくなった。

顎《あご》のさきから汗が滴《したた》り落ちてくる。

連中がとまった。前方の岩蔭《いわかげ》を窺《うかが》っている。道幅はようやく車一台通れるほどで、簡易舗《ほ》装《そう》がしてある。俺は、路肩の石をいくつか拾った。連中に対抗するとしても、石くらいしか武器はない。

サイレンが聞えた。屋根で赤色灯を回した車が、すごい勢いで農道を登ってきた。数台のパトカーが、かなり遅れて付いてきているようだ。

車から降りてきたのは、あの二人の刑事だった。

「川中は？」

初老の男が、俺のそばに来て言った。俺は、前方の岩を指さした。

ヨットハーバーの前で、車を降りた。

俺は煙草をくわえ、藤木から貰ったジッポで火をつけた。それに、川中がチラリと眼をくれてきた。

M重工の関根は、連中の中にはいなかったが、すでに船で逮捕されたようだ。警察の車が走り去ると、クラブハウスから、宇野が姿を現わした。

「よう、キドニー」

川中はそう言ったきり、横をむいた。

「あの船が、爆破されるなんて思わなかったぜ」

「そうでもしないことにゃ、警察は来てくれんさ」

「そんなつもりで、あの船のことを教えたんじゃなかったんだが」

「キドニー。妙なものの言い方をするようになったな」

「どこが？」

「おまえは、関根を潰《つぶ》したかったはずだ。だから、俺にあの船のことを教えた。俺がどうするか、よくわかっただろうからな」

「そういう気持もあった。正直に言うとな。俺は、これまでおまえに遠慮《えんりょ》するような気分だった。なにしろ、弟を死なせちまったんだからな。それが、急に馬鹿馬鹿しくなった。その間も、おまえは事業を拡《ひろ》げていく。肩を並べようって気になったって、不思議はないだろう」

「時間ってやつは、いろんなことを忘れさせてくれるもんだよな、キドニー」

「皮肉かね」

「感心してるのさ」

「俺は、おまえと肩を並べてみせるよ。N市じゃ、おまえはもう一端《いっぱし》の実業家だ。南川が潰れりゃ、並ぶ者もなくなるだろう。大したもんだぜ。ダンプの運転手からはじめて、酒場の親父《おやじ》。いまじゃ、土地の名士ってわけだからな」

「吉崎の後継者が二人いると言ったな。肚《はら》は読めたぜ。二人をぶつからせて、漁夫《ぎょふ》の利《り》ってやつだ。考えることが、そのへんのゴミと同じになってきたな」

「なんとでも言うさ。吉崎は、俺の考えに従って動いていた。内実はそんなもんだったよ。狡猾《こうかつ》で、抜け目のない老人だったがね。所詮《しょせん》はおまえと同じ叩《たた》きあげだ。放っておいたら、暴走してとうに潰れていただろう」

「それでも、一端の男じゃあった。地方とはいえ、県や市の行政にも力を持ってた。おまえに、そんな真似ができるのか」

「その気になりゃな。俺は、キドニー・ブローを食らった時に、ほんとは死んでた。あの交通事故で、俺の中のなにかが、ほんとは死んでたよ。躰が生きてるからって、そいつが生きてるとはかぎらん」

「生き返ったってわけか」

「生き返らせるのさ。おまえのように、殺しても死なないような健康な人間にゃ、嫉妬《しっと》を感じてた。ほんとうは、嫉妬じゃなかった。憎悪《ぞうお》ってやつさ。俺は、おまえらを憎悪する権利はあると思ってる。勝手に思いこんでるのさ」

「弟の時も、そういうことを言ってた」

川中が煙草をくわえた。俺は、藤木のジッポで火をつけてやった。

「手を組んだっていいんだぜ。おまえと俺が手を組みゃ、あっという間にN市は俺たちのもんだ」

「汚れた手とは、握手しないことにしてる。気持が汚しちまった手とはな」

「憶《おぼ》えとこう」

瞬間、宇野の顔に暗い翳《かげ》が走った。俺は横をむいた。こういう顔をする男は、あまり好きではない。笑って喋っていて、ひとりになった時にこういう顔をしているかと思うと、言葉など出なくなってくる。

「行くぞ。坂井が運転しろ」

川中が、俺にポルシェのキーを投げてきた。片手で受け取り、俺は煙草を捨てた。

「あの船、なにを積んでたんですか？」

ポルシェを出してから、俺は助手席の川中に訊いた。

「M重工の、廃棄《はいき》処分になった機械類だ。クズ鉄ということになってるが、実は新品同様の代物《しろもの》でな。開発部の関根が、小さな会社を作って、開発途上国《とじょうこく》に流してた。M重工のトップが知ってるかどうかわからんが、開発部の闇資金《やみしきん》になってた可能性がある」

「それを、宇野さんが教えてくれたんですね」

「そういうことだ」

「松野さんの落とし前、つけられたじゃないですか」

「落とし前？」

「言葉はよくねえかな」

「よく聞けよ、坂井。落とし前なんてもん、なんの意味がある。松野が戻ってくるなら別だが。憶えていてやる。アル中の松野って男がいたことを、憶えていてやる。友だちというのは、そういうもんだ」

「わかりました」

オートバイで走ってきた海沿いの道だ。七十キロぐらいのスピードで、トロトロとポルシェを転がした。

「藤木、今日もちゃんと仕事に入れるな」

「それは」

「タキシードを着てるじゃないか」

畳みかけるような口調だった。

「坂井じゃ、まだドライ・マティニーのシェイクは荷が重すぎる」

「結構いい腕です。充分だと思いますが」

「子供だよ、まだ。俺は君が必要だ。必要なんだよ」

藤木は答えなかった。子供だと言われても、なぜか腹は立たなかった。

「まだ引き受けてくれるよな」

「わかりました」

押し殺したような声だった。つまりはそういうことか。藤木という男は、川中に弱い。頼まれると断りきれない。それを恐れて、急いでいたのだ。

「松野さん、なんでアル中になったんです？」

「女さ。死んじまってから言うと怒るだろうけどな」

「女？」

「惚れた女が死んで、よかったじゃないか、坂井。悪い冗談かもしれんが」

「女ね」

「男ってのは、どこかで踏みとどまり損うと、女に駄目にされちまう。松野は、そこから這いあがろうとしてたとこさ」

「あの人の腕、店で一度も見なかったですよ」

「シェーカーを振らせりゃ、一流だった」

バックシートから、藤木が言った。

「おまえがあそこまでなるには、あと五年だな」

「三年ですよ」

「自惚《うぬぼ》れるな」

「賭けませんか」

藤木が、低い声で笑った。俺は、目前に迫ってきたコーナーに、ハイスピードのまま切りこんでいった。

26　墓碑銘《ぼひめい》

川中をマンションの前で降ろし、藤木を店まで送った。

「俺、車を駐車場に入れときます」

「ああ」

それだけ言って藤木は背をむけ、ポケットを探って店のキーを出した。

まだ、誰も出てきてはいないようだ。七時にオープンする。バーテンやボーイは、その三十分前に出てくる。女の子は、七時までに服装が整っていればいいとされていた。

六時十五分。

駐車場までは、すぐだった。

歩いて戻ってきた時、栗原とぶつかりそうになった。

「なんだよ。危ねえじゃねえか。開店前から酔っ払ってんのかい」

「坂井」

顔を見て、俺ははじめて異状に気づいた。タキシードの上に、栗原は見馴《みな》れないコートをひっかけていた。

「どうしたんだよ、栗原さん」

「坂井か」

栗原が膝を折った。倒れる前に、俺は抱きとめた。

「どうしたってんだ。具合が悪いのか」

「おまえ、プロじゃねえよ、坂井」

「なにが？」

栗原の躰を、舗道に横たえるようにした。

「プロってのはな、肝心《かんじん》な時にしか、車《ハコ》を使わねえもんさ。仕事《ヤマ》を片づけて、ここ一番逃《フ》けなきゃなんねえって時にしかな」

「なんの話だ？」

「おまえ、この街に来る時、俺を拾ったじゃねえか。それも盗んだ車でよ」

「あんたが、勝手に乗りこんできたんだ。俺は退屈しのぎになると思っただけさ」

「そこが、素人《トウシロ》よ。目立っちゃなんねえ。どこへ行く時も、気を遣《つか》うんだ。俺を見ろ。ちゃんと、『ブラディ・ドール』のフロアマネージャーで落ち着いてらあな」

栗原のタキシードの胸が、血のしみで汚れていた。

「俺は、おまえをずっと見てた」

栗原が、ちょっと喘《あえ》いだ。通行人が集まりはじめている。救急車を、と俺は叫んだ。

栗原が、軽い咳《せき》をした。口から、血の塊《かたまり》が飛び出してきた。

「俺の車《ハコ》がそこにある。おまえにゃ負けねえ腕で転がせるぜ」

「なにやったんだ、栗原さん」

「おまえだろう。おまえだよな」

「俺だよ、坂井だ」

「わかってら。おまえだろうって、訊《き》いてんだ」

栗原が、また血を吐いた。

「喋るなよ」

「偶然だ。あそこでおまえの車に乗っちまったのは、ただの偶然さ」

「だからどうだってんだ。もう喋るな」

救急車は、まだ来そうもなかった。栗原の頰《ほお》のあたりが、痙攣《けいれん》したようにふるえた。いやな感じだった。

「俺は、おまえだと思ってたよ。車に、乗っちまった。それで用心したんだ。おまえが、仕組んだことかもしれねえと思ってな」

「なんの話だって？」

「車《ハコ》を持ってこい。もうここにいるこたあねえんだ」

遠くで、サイレンが聞えた。通行人が、人垣《ひとがき》を作っている。俺は、サイレンの方へ眼をやった。

「まだ、おまえみてえな、若造にゃ負けねえよ」

「わかったよ。あんたは出世する」

「出世？」

「ああ。そのうちマネージャーで、次は自分の店を持つ」

「笑わせるな」

栗原の眼の下が、黒ずんでいた。

「車《ハコ》だ、早くしろ。警察《サツ》が来るぞ」

「警察《サツ》？」

「ここにいることたあねえ。逃《フ》けるんだ。立花は俺がやっちまった」

「立花？　藤木さんのことだな、それ」

「匕首《ドス》、ぶちこんでやったぜ」

「あんた、まさか」

「仕事《ヤマ》よ」

栗原が眼を閉じた。それから咳《せき》をし、また血を吐いた。赤い鮮やかな色だ。

俺は栗原を舗道に寝かせ、人垣の中に突っこんでいった。

走った。人垣を離れると、もう普通の街だった。

店。ドアは開いていた。

飛びこみ、俺は藤木の姿を捜した。一番奥のボックス席。眼を閉じて藤木が腰を降ろしていた。駈《か》け寄る。

「坂井か」

「怪我《けが》は？」

「腹だ。ひどく苦しむと思うが、死なないような気がする」

俺は電話に飛びつき、救急車を呼んだ。

「栗原ですね」

「いい腕だった。あの爺《じい》さんのことを、気にしなかったわけじゃない。はじめは警戒《けいかい》してたさ。そのうち、気にしなくなった。面白い爺さんだってだけでな」

「中原組ですか？」

「おまえと同じとこじゃないのかな」

「まさかと、思ってた」

「あの爺さんは？」

「道路です。中央通りの二本海岸寄りの。駐車場から、真直ぐ来たところですよ」

「怪我、ひどいか？」

「あっちの方が、ひどいと思います」

「そうか。いい腕なのにな。やっぱり鉄砲玉をやるには老けすぎてる。匕首《ドス》に力がなかった」

「しかし驚いた。動かないでくださいよ」

「俺は、墓碑銘を考えてたところだった。松野のな。愚《おろ》か者として死す。よく、外国でやるだろうが。墓は、俺たちの気持の中にある。そこに刻んでやる文句さ」

「喋らないで」

「おまえも、考えろよ。俺は、出し抜かれたような気分でね。だから愚か者さ。ちょっと嫌味《いやみ》な感じを入れてやった」

「わかりましたよ」

「わかっちゃいない。いやな気分なんだ。躰が生きようとしてる。気持がどうであろうとな。自分の墓碑銘ってやつが、どうしても浮かんでこない。また、死ねない。死ねないと思う」

「死にませんよ、腹を刺されたぐらいじゃ」

「腹だって、死ぬ時は死ぬ。自分が死ぬ時は、それがわかるような気がする。俺にゃ、なにもわからん」

「もう喋らないで、藤木さん」

出勤してきた女の子が、藤木を見て悲鳴をあげた。俺は立ちあがり、川中に電話を入れて状況を説明した。

「で、助かりそうか？」

「藤木さんは、わかりません。栗原は死ぬでしょう」

「そうか。藤木は死なんよ。ここで死ぬなら、とうの昔に死んでる」

「店は、どうしますか？」

「藤木を病院に運んだら、平常通り営業しろ。おまえが責任者だ」

「わかりました。ほかには？」

「なにもない」

川中の方から、電話を切った。

俺は煙草をくわえた。ポケットから出てきたのは、藤木のジッポだった。火をつけた。

藤木のそばへ行く。タキシードの胸ポケットに、俺はジッポを落としこんだ。

「味な真似を」

藤木が、ちょっと眼を開いて言った。

「社長、店をやれと言ったろう」

「ええ」

「やっぱり、俺が死なんと思ってる」

「運ってやつですよ。死ななきゃ、生きるしかない」

「なんのおまじないだ、ジッポは？」

「死んだら、それに藤木さんの墓碑銘を刻みます。そして俺が使いますよ。それまで、預かっててください」

「勝手にするさ」

藤木が眼を閉じた。息遣いは穏やかだ。

煙草が短くなって指さきを焼くまで、俺は喫《す》い続けた。

Haruki Bunko
ハルキ文庫

き 3-24

碑銘《ひめい》 ブラディ・ドール❷

著者 北方謙三《きたかたけんぞう》

2016年11月18日第一刷発行

発行者 角川春樹

発行所 株式会社角川春樹事務所
〒102-0074 東京都千代田区九段南2-1-30 イタリア文化会館

電話 03（3263）5247（編集）
03（3263）5881（営業）

印刷・製本 中央精版印刷株式会社

フォーマット・デザイン 芦澤泰偉
表紙イラストレーション 門坂 流

ISBN978-4-7584-4047-9 C0193 ©2016 Kenzô Kitakata Printed in Japan
http://www.kadokawaharuki.co.jp/［営業］
fanmail@kadokawaharuki.co.jp［編集］　ご意見・ご感想をお寄せください。